헤르만 헤세 아저씨가 들려주는
어린이를 위한

# 생각 동화 1

헤르만 헤세 아저씨가 들려주는
어린이를 위한

# 생각 동화 1

1판 1쇄 | 2013년 8월 13일

지은이 | 헤르만 헤세
옮긴이 | 송명희, 글씸

펴낸이 | 모계영
펴낸곳 | 가치창조
편   집 | 박지연, 박혜연
디자인 | 서정민
마케팅 | 김종식

등   록 | 제406-2012-000041호
주   소 | 서울시 마포구 모래내로 7길 12, 405
전   화 | 070-7733-3227    팩   스 | 02-303-2375
이메일 | shwimbook@hanmail.net

ⓒ박경화, 2013
ISBN 978-89-6301-089-2 43850
       978-89-6301-088-5(세트)

가치창조 공식 블로그 http://blog.naver.com/gachi2012
단비어린이는 가치창조 출판그룹의 어린이 책 전문 브랜드입니다.

헤르만 헤세 아저씨가 들려주는
어린이를 위한

# 생각 동화 1

헤르만 헤세 지음
송명희, 글씸 옮김

단비어린이

차례

1권

도시 · 6
아우구스투스 · 24
아이리스 · 80
유럽인 · 122

2권

구도자
팔둠
낯선 별에서 생긴 일
젊은 시인

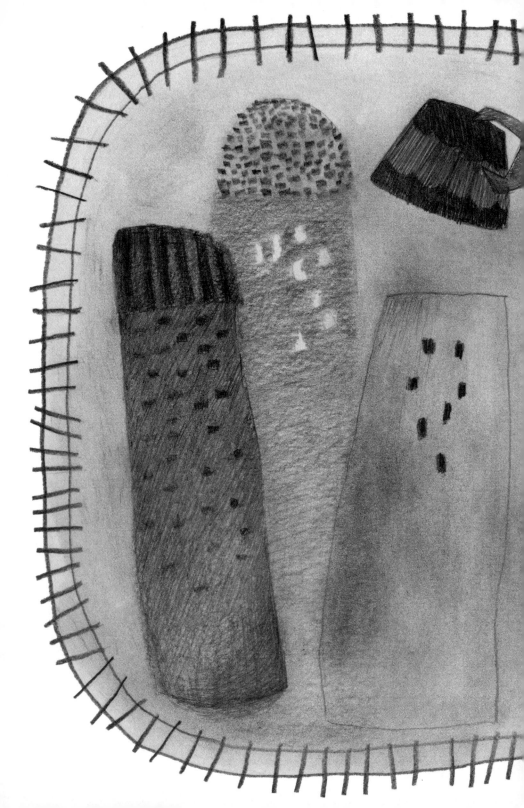

　　길게 뻗은 선로를 따라 승객과 석탄, 식료품
을 가득 실은 기차가 미끄러지듯 들어왔다. 어제
철로가 개통된 뒤로 벌써 두 번째 기차였다.

　"날로 좋아지는군."

　기술자 한 명이 이 모습을 보고 혼잣말
로 중얼거렸다.

　초원에는 금빛 햇살이 반짝였고, 전나
무가 빽빽이 자란 높은 산들은 지평선 위로
웅장한 자태를 드러내고 서 있었다.

　들개 몇 마리와 들소 떼가 멀찌감치 떨어진 채 황무
지 곳곳에서 벌어지는 소동을 지켜보았다. 푸른 대지
에 석탄가루와 재가 날리고 쇳소리가 요란한 가운데
　　　　　　　　　　　　　새로 마을이 생겨나고
　　　　　　　　　　　　　있었다.

어디선가 첫 도끼질 소리가 대지의 정적을 깨며 날카롭게 울려 퍼졌다. 이어 바위를 깨는 폭파 소리가 마치 우레처럼 온 산을 뒤흔들더니 점차 스러져 갔다. 능숙한 솜씨로 모루를 내리치는 망치 소리도 낭랑하게 첫소리를 내뱉었다.

자고 일어 나면 뚝딱 철로 지붕을 얹은 집 한 채가 생겨났고, 이튿날에는 곳곳에 통나무집이 들어섰다. 그렇게 날마다 새로운 집들이 한 채 두 채 늘어나더니 어느 틈에 돌로 지은 집까지 버젓이 모습을 보였다.

들개와 들소 울음소리는 점점 잦아들었다. 언제부턴가 야생 동물의 소리는 흔적도 없이 사라지고 말았다. 태곳적 고요와 신비를 간직하던 땅은 사람들의 손을 타며 갈수록 풍요로워졌다.

이듬해 봄이 되자 들판에서는 보리 순이 파릇파릇해졌다. 곧 이삭이 나며 이내 초록 물결이 넘실댔다. 채소밭에서는 싱싱한 푸성귀 냄새가 코를 찔렀다.

도시·9

황무지를 가로질러 큰 도로가 뚫렸고 농가들은 가축우리와 헛간들을 손질하느라 바빴다.

곧이어 기차역이 번듯하게 지어졌다. 먼 도시에서 온 사람이나 멀리 떠나려는 사람들이 크고 넓은 역 건물을 분주하게 돌아다니는 모습을 볼 수 있었다. 우체국이며 관공서, 은행도 생겨났다. 불과 몇 달 사이에 도시가 커지면서 인구가 늘어나자 근교에 소도시들이 하나둘씩 자리를 잡았다.

세계 곳곳에서 노동자와 농민, 도시민 할 것 없이 수많은 사람들이 도시로 몰려들었다. 그중에는 상인과 변호사, 교사, 목사도 있었다. 학교와 성당이 곳곳에 들어서고 신문사 두 개가 문을 열었다. 게다가 서쪽 지역에서 유전이 발견되면서 도시는 하루가 다르게 발전했다. 모든 것이 활기차게 돌아가고 도시는 더욱 번영을 누렸다.

10

1년쯤 지나자 사람 사는 곳에는 으레 있게 마련인 소매치기와 좀도둑이 생겨났다. 때때로 강도를 만나 물건을 빼앗기고 목숨을 위협 당했다는 사람들도 있었다.

시내 중심가에는 커다란 백화점이 문을 열어 사람들의 관심을 끌었다. 또 파리에서 온 재단사들이 도시 사람들에게 최신 유행하는 멋진 옷을 선보였다. 술을 마시지 않기로 다짐하는 사람들이 모여 금주 협회를 만드는가 하면 바이에른(독일 남동부에 있는 주-편집자)에서 빚은 맥주를 직접 들여와 파는 술집도 문을 열었다. 도시는 주변의 다른 도시들과 경쟁이라도 벌이듯 개발에 박차를 가하며 날로 발전했다.

이제 도시에는 선거 유세장, 영화관, 동맹 파업, 심령술사 협회에 이르기까지 없는 게 없었다. 프랑스산 고급 와인, 노르웨이산 청어, 이탈리아산 소시지, 영국제 고급 양복지, 러시아산 캐비아 등 돈만 있으면 무엇이든 구할 수 있었다. 꽤 이름이 알려진 가수들과 무희들, 그리고 음악가들이 이곳으로 연주나 공연을 하러 오기도 했다.

도시에는 서서히 문화가 형성되었다. 개발이 시작된지 불과 몇 년 만에 어느덧 제법 도시다운 면모를 갖추었고 독특한 특징과 관습도 생겨났다. 이곳에서는 사람들끼리 인사하는 방식부터 남다른 데가 있었다.

도시 건설에 앞장서서 힘을 쏟았던 남자들은 사람들의 존경과 흠모를 받았다. 그들에게서는 어딘지 모르게 강인하고 근엄한 분위기가 느껴졌다.

도시가 생기면서부터 들어와 살기 시작한 이들은 어느새 이곳을 조상 대대로 터를 일구며 살아온 고향처럼 생각하고 있었다. 고요한 평원에 첫 망치질 소리가 울려 퍼지고, 새로 지은 성전에서 첫 미사를 드리며, 첫 신문이 사람들 손에서 잉크 냄새를 풍기던 때가 벌써 아득한 옛일이 되고 하나의 역사가

되어 버린 것이다.

얼마 지나지 않아 이곳은 이웃 도시들을 연결하는 교통과 문화의 중심지가 되었으며, 나라의 수도로 지정되었다. 흙먼지를 뿌옇게 뒤집어쓴 신작로나, 판자로 얼기설기 세워 함석지붕을 올린 집들은 찾아볼 수 없었다. 대신 그 자리에는 번듯한 관청과 은행, 극장과 교회들이 자리를 잡았다. 학생들은 학교와 도서관을 오가며 학업에 열중했다. 거리는 차들로 넘쳤다. 이따금 구급차들이 사이렌을 울리며 급히 달리거나 국회의원들이 차를 멈추고 시민들과 인사하는 모습이 보이기도 했다.

벽돌과 철근으로 단단하게 지어진 학교만도 스무 개가 넘었다. 해마다 도시가 만들어지기 시작한 날이 돌아오면 학교에서는 다양한 축하 행사와 함께 기념식을 가졌다.

푸르고 아늑했던 초원 지대는 논밭으로 바뀌거나 공장과 마을이 들어서면서 옛날 모습을 찾아볼 수 없어졌다. 수십 개의 도시에서 오는 기차들이 이 지역을 관통했고, 산을 뚫어 만든 터널을 통해 깊은 골짜기까지 기차가 연결되었다. 돈 많은 이들은 산속의 한적한 곳이나 멀리 경치 좋은 바닷가에 별장을 짓기도 했다.

그런데 그렇게 한 세기가 지난 뒤 도시는 갑작스런 지진으로 완전히 파괴되고 말았다. 폐허가 된 자리에 다시 도시가 건설되었다. 이전의 통나무집이 있던 자리에는 돌로 지은 건물이 들어섰는데, 모양이 다양하고 규모도 커졌다. 한 나라의 수도답게 기차역 건물은 규모가 어마어마했다. 증권거래소 또한 세계에서 가장 크고 훌륭했다. 건축가와 예술가들은 공공건물들을 멋지게 꾸몄으며, 곳곳에 공원이나 분수를 만들고 기념비들을 세워 도시를 새롭게 단장하기에 바빴다.

시간이 흐르면서 도시

는 이제 모든 것이 완벽하게 갖추어진 아름답고 살기
좋은 곳으로 거듭났다. 세계 여러 나라의 정치가나 건
축가, 기술자, 공무원들이 이 도시의 건축물이며 상하
수도 시설, 행정 체제 등을 보고 배우기 위해 몰려들었
다. 이 무렵 새로 시청 청사를 짓기 시작했는데, 세계
의 그 어떤 도시도 흉내 낼 수 없을 만큼 훌륭하고 웅
장했다.

경제적으로 풍족하고 모든 것이 완벽하게 갖추어진
도시는 세련된 건축 기술과 예술적 감각이 곁들여지면
서 더욱 대담하고 쾌적해졌다. 도시는 이제 하나의 경
이적인 작품이었다. 밝은 회색빛깔을 띤 도심지의 건
물들 주위로는 나무가 우거진 공원들이 푸른 띠처럼
에워쌌다. 복잡한 시내를 벗어나면 길 양쪽으
로 주택들이 보이며 시 외곽과 시골로 연결
되는 길이 끝없이 이어졌다.

박물관을 찾는 이들은 수백 개
나 되는 전시실과 화랑, 그리고
마을 하나를 옮겨다 놓은 것처럼

넓은 뜰을 돌아보며 입을 다물지 못했다. 그곳에는 도시가 건설될 당시부터 지금까지 변화한 모습을 담은 자료들이 전시되어 있었다. 박물관의 너른 앞마당에는 예전의 좁아터진 길들과 허술하고 옹색한 집들, 도시가 들어서기 이전 초원의 모습이 그대로 복원되어 있었다.

아이들은 그곳에서 옛 시대의 판잣집이나 비포장 길이 반듯하고 시원하게 뚫린 도로로 바뀐 모습을 신기한 듯 바라보았다. 선생님들은 아이들에게 도시의 역사를 통해 인간의 삶이 어떻게 변화해 왔는가를 설명했다. 아이들은 지난 시절의 조잡하고 야만적이며 궁핍한 삶이 어떻게 해서 오늘날과 같이 세련되고 교양 있어졌으며 풍요를 누리게 되었는지 알게 되었다. 또한 이처럼 자연 속에서 하나의 문화가 생겨나게 된 과정과 법칙을 이해했다.

16

다시 새로운 한 세기를 맞아 도시는 더욱 빠르게 성장했다. 도시의 번영과 더불어 가진 자들의 삶은 한층 사치스러워졌다. 적어도 하층민들이 일으킨 혁명이 성공하기 전까지는 그랬다. 성난 폭도들은 도시 외곽 곳곳에 있는 정유 공장에 불을 질렀다. 공장과 농장을 비롯해 주변의 마을 전체가 완전히 불에 타 황폐해지고 말았다. 수차례의 폭동으로 많은 사람이 죽어 나갔고, 사람들은 공포에 떨어야 했다.

몇십 년 뒤 도시는 간신히 평온을 되찾아 지난 시절의 상처를 극복하고 다시 일어섰다. 하지만 이전의 활기찬 생활과 영광을 되찾기는 어려웠다.

이렇듯 도시가 힘겨운 싸움을 하고 있는 동안 바다 건너편에서는 한 나라가 빠른 속도로 발전하며 막강한 힘을 과시했다. 그 나라는 수백 년을 쓰고도 남을 엄청난 양의 지하자원을 갖고 있었고, 식량도 풍부했다. 그 나라는 곳곳에 공장을 건설하여 수많은 상품들을 만들어 냈다. 결국 도시에서 일자리를 얻지 못한 사람들은 그곳의 공장에 가서 일을 해야 했다. 그 나라에도 마찬가지로 순식간에 도시들이 생겨났다. 숲과 초원을 없애고 골짜기를 막아 댐을 건설했다.

이 도시는 예전의 아름다움을 잃어버리고 갈수록 눈에 띄게 황폐해졌다. 경제는 시들해지고 증권거래소도 문을 닫았으며, 세계의 중심지라는 말도 이제 옛날이야기가 되었다. 그저 먹고사느라 허덕이며 급변하는 시대의 거센 파도에 휩쓸리지 않는 것만을 다행으로 여기고 살았다. 장사를 해서 돈을 번다는 것은 꿈도 꾸기 어려웠고, 먼 나라로 떠나지 않는 이상 새로운 일자리를 얻을 수도 없었다.

이처럼 물질적인 풍요의 거품이 사라지면서 정신적인 것에 대한 새로운 열망이 싹트게 되었다. 인간의 내면적 가치를 추구하는 학자와 예술가, 화가와 시인들이 생겨난 것이다.

새로운 야망에 부풀어 도시를 건설했던 개척자들의 후예는 이제 차분히 자신의 삶을 돌아보게 되었다. 그들은 인간 정신의 숭고한 가치를 되새기며 삶의 시련과 아픔을 이야기했다. 화가들은 낡은 동상이나 고풍스러운 정원의 모습에서 우수에 젖은 아름다움을 발견하여 화폭에 담았다. 시인들은 옛사람들의 영웅담이나 한 시절의 영광을 돌아보는 사람들의 조용한 꿈을 섬세하게 그려 냈다. 그리하여 이 도시는 다시 한 번 세상에 이름을 떨치게 되었다.

세계 곳곳이 전쟁의 소용돌이에 휘말리고, 민족적 사명감에 불타 새로운 도전을 하는 나라도 있었지만 도시 사람들은 바깥세상 일에 마음을 두지 않았다. 모처럼 찾아온 고요와 평화로움 속에서 사람들은 더욱 심오한 삶의 깊이를 발견했다. 담장 너머로 늘어진 꽃가지가 한적한 거리를 향기로 물들이고, 텅 빈 광장 뒤로 빛바랜 건물들은 마치 깊은 꿈에 잠긴 것처럼 보였다. 이끼 낀 분수대에서는 맑은 물줄기가 잔잔한 음악처럼 흘러내렸다.

세상 사람들은 이제 오랜 역사와 전통을 지닌 이 도시의 신성하고 사색적인 분위기를 사랑했다. 시인들은 이 도시에 깃든 아름다움을 찬미했고, 연인들의 발길도 끊이지 않았다.

그런데 언제부턴가 사람들이 이 도시를 떠나 먼 나라로 몰려가기 시작했다. 도시가 건설되기 전부터 이곳에 뿌리를 내리고 살았던 원주민들도 찾아보기 어렵게 되었다. 도시는 이제 마지막 불꽃을 피워 낸 뒤 모든 영광의 빛을 잃고 누더기만 남았다. 인근의 소도시들도 이미 오래전에 사람이 살 수 없는 폐허가 되어 버렸다. 그저 떠도는 집시들이 잠시 머물다 가거나 죄를 짓고 도망친 자들이 몸을 숨기는 장소에 지나지 않았다.

그 뒤 다시 지진이 일

어났다. 심각한 피해는 없었지만 도시를 가로지르는 강줄기가 바뀌는 바람에 일부는 늪이 되거나 메마른 땅이 되어 버렸다. 산이 무너져 지형이 변하면서 낡은 돌다리와 산자락에 남아 있던 농가 주위로 새로 숲이 생겨났다. 황폐해진 벌판에 하나둘 나무들이 자라면서 숲은 점점 푸르러졌다. 축축한 늪지에서는 키 작은 덤불과 온갖 식물들이 다투어 자랐고, 생명력이 강한 침엽수가 거친 땅에서도 꿋꿋하게 커 나갔다.

마침내 이 도시에는 사람의 흔적을 찾아보기 어렵게 되었다. 몇몇 부랑자들이 허물어진 성터에 자리를 잡고 옛날 정원이 있던 곳에서 염소를 기르며 살았다. 끝까지 남아 있던 주민들도 전염병이 돌아 목숨을 잃었다. 지진으로 사방이 늪지가 되는 바람에 전염병이 도시 전체를 휩쓸어 버린 것이다.

하지만 한때 도시의 자부심이자 번영의 상징이었던 시청 건물은 여전히 당당한 모습을 잃지 않고 있었다. 세상 사람들은 시나 음악에서 그것을 소재로 삼곤 했다. 또 오래전에 퇴락한 이웃 도시 주민들에게는 하나의 전설이 되었다. 이따금 아이들에게 들려주는 이야기 속에서 이 도시의 화려하고 웅대한 모습이 불현듯 되살아났고, 목동들은 이 도시가 지닌 옛 시절의 영광을 애잔한 노랫가락에 담곤 했다.

때때로 잘사는 나라의 학자들이 멀리서 이 폐허의 유적지로 탐사 여행을 오기도 했다. 학생들은 신비에 싸인 이 유적지의 비밀을 두고 이런저런 논쟁을 벌였다. 이를테면 그곳에는 귀한 보석이 박힌 순금의 묘비가 수도 없이 널려 있다느니, 거기 사는 유목민들은 아직도 천 년 전부터 전해 오는 신기한 주술을 부릴 줄 안다느니 하는 식이었다.

산의 지반이 내려앉으면서 폐허가 된 도시의 넓은 평지에 나무들이 울창한 숲을 이루었다. 호수와

강들이 생겨났다 사라지기도 했다.

넓게 퍼져 나간 숲은 서서히 온 땅을 뒤덮었다. 허물어진 담장과 궁전과 사원, 그리고 박물관의 유적들은 숲에 파묻혀 자취도 없이 사라졌다. 사람의 발길이 닿지 않은 황무지는 이제 여우와 담비, 늑대와 곰의 차지가 되었다.

무너진 성벽의 돌들도 오랜 세월 비바람에 씻겨 보드라운 흙이 되었다. 성벽이 있던 자리에 소나무가 한 그루 서 있었다. 이 소나무는 불과 1년 전만 해도 숲의 끝자락에 있었는데, 어느덧 발밑에 어린 소나무들을 굽어보게 되었다.

"날로 좋아지는군!"

나무줄기를 쪼아 대던 딱따구리 한 마리가 이렇게 소리쳤다. 딱따구리는 넓은 숲과 초록색으로 뒤덮인 땅을 흐뭇한 표정으로 돌아보았다.(1910년)

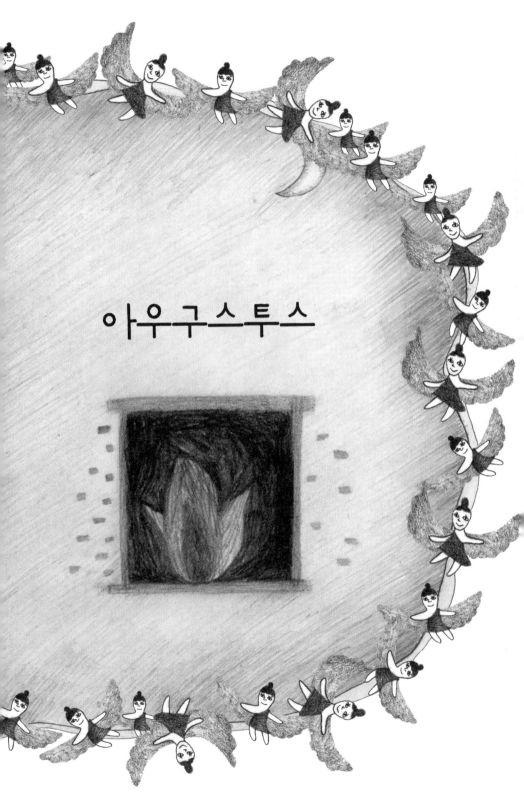

아우구스투스

　　모스타커 거리에 엘리자베트라는 이름을 가진 한 젊은 부인이 살았다. 부인은 불행하게도 결혼식을 올린 지 얼마 되지 않아 남편이 세상을 떠나 혼자가 되었다. 가까운 친척 한 명 없고 잘 알고 지내는 이웃도 없어 부인은 무척 외로웠다.

　　초라하고 낡은 집에서 부인은 오로지 아버지 없이 태어날 아이를 기다리며 살았다. 아이가 누굴 닮았을까, 커서 무엇이 되면 좋을까, 아이를 위해 어떤 엄마가 되어야 할까……. 생각하는 것만으로도 행복했다. 세상 그 어느 것도 그보다 더 아름답고 멋지고 부러워할 만한 일은 없었다.

　　집 안에는 늘 크고 넓은 유리창을 통해 들어오는 환한 햇살이 넘치고, 정원에는 아름다운 꽃들이 피어 있고 분수의 물줄기가 맑은 소리를 내며 뿜어져 나오는,

26

아담한 돌집이 아이에게 잘 어울릴 것 같았다. 부인은 아이가 커서 교수나 정치가가 되었으면 하는 바람도 가져 보았다.

부인의 옆집에는 한 노인이 살고 있었다. 이웃들은 노인을 빈스방거 씨라고 불렀다. 노인은 키가 작고 머리가 하얗게 셌으며 집 안에만 틀어박혀 지냈다. 어쩌다 외출을 할 때면 조그만 술이 달린 모자를 쓰고 고래뼈로 살을 댄 옛날식 초록색 우산을 들고 다녔다. 아이들은 노인을 무서워했다. 어른들은 그 노인이 사람들과 접촉을 끊고 살아가는 데에는 그럴 만한 사정이 있을 거라고 생각했다. 노인은 그렇게 있는 듯 없는 듯한 존재였다. 하지만 때때로 저녁 무렵이면 그 허물어져 가는 작은 집에서 여러 개의 악기로 음악을 연주하곤 했다. 이따금 그곳을 지나가던 아이들은 감미로운 음악 소리를 듣고 엄마에게 물었다.

"엄마, 저 안에서 천사나 요정이 노래하나요?"

아무것도 모르는 엄마들은 흔히 이렇게 대답했다.

"아니야. 아마 음악상자에서 흘러나오는 소리겠지."

빈스방거 노인과 엘리자베트 부인은 좀 색다른 우정을 나누고 있었다. 서로 말을 주고받지는 않았지만 조그만 체구의 빈스방거 노인은 옆집 부인의 창가를 지나칠 때마다 다정한 인사를 보냈다. 부인 역시 감사하는 마음으로 답례했으며, 노인이 좋은 사람이라고 생각했다. 그러다 보니 두 사람의 마음속에는 만약에 어려운 일이 생기면 옆집에 가서 도움을 청해야겠다는 생각이 싹트게 되었다.

해가 질 무렵 엘리자베트 부인이 홀로 창가에 앉아 죽은 남편을 그리워하며 슬픔에 잠겨 있거나 배 속의 아기에 대한 상상의 나래를 펼치고 있을 때면, 조용히 빈스방거 노인 집의 여닫이 창문이 열렸다. 이어 그의 어두운 방에서 마치 구름 새로 얼굴을 내민 달빛처럼 나지막하고 맑은 음악이 흘러나왔다.

노인의 집 뒤뜰로 난 창문 밑에는 오래된 제라늄 나무 몇 그루가 자라고 있었다. 주인이 물 주는 것을 자

꾸 잊어버리는데도 시든 이파리 하나 없이 언제나 싱
싱하고 아름다운 꽃을 피웠다. 아침마다 엘리자베트
부인이 물을 주고 돌보아 주기 때문이었다.

어느덧 가을이 되었다. 그날따라 바람이 불고 차가
운 비가 내렸다. 날씨가 궂어서인지 해 지기가 무섭게
모스타커 거리에는 사람들의 발길이 끊겼다. 이 가엾
은 부인은 때가 되었음을 알았다. 혼자서 아이를 낳아
야 한다고 생각하니 겁이 덜컥 났다.

그런데 어둠이 깃들 무렵 한 늙은 부인이 등불을
들고 엘리자베트 부인의 집으로 찾아왔다. 늙은 부
인은 들어오자마자 물을 끓이고 깨끗한 천을 준비
하는 등 부지런히 아이 받을 준비를 마쳤다. 엘리
자베트 부인은 아무 말도 하지 않고 그녀가 하는 대
로 모든 걸 맡겼다.

마침내 아이가 태어나 부드러운 새 옷을 입고 지
상에서의 첫 잠에 빠졌다. 엘리자베트 부인은 그제
야 늙은 부인에게 어떻게 왔는지를 물었다.

"빈스방거 씨가 보내서 왔어요."

아우구스투스·29

늙은 부인이 대답했다.

아이를 낳느라 힘들고 지친 부인은 이내 잠이 들었다. 아침에 눈을 떠 보니 식탁에 따뜻하게 데운 우유가 놓여 있었다. 방 안은 말끔히 정리되어 있었고, 곁에는 갓난아기가 배가 고파 울고 있었다. 늙은 부인은 가고 없었다. 엘리자베트 부인은 아기를 품에 안았다. 아기는 무척 예쁘고 건강했다. 그녀는 남편이 아기를 보았으면 얼마나 기뻐했을까 생각하며 눈물을 흘렸다. 그러다가도 고사리 같은 손을 꼼지락거리는 아기를 보자 저절로 미소가 피어올랐다.

아기와 부인은 다시 잠이 들었다. 깨어 보니 탁자에 우유와 수프가 놓여 있고, 아이의 기저귀도 새로 채워져 있었다. 부인은 아이의 이름을 아우구스투스라고 지었다.

얼마 안 있어 엘리자베트 부인은 몸이 회복되어 어린 아우구스투스를 직접 돌볼 수 있게 되었다.

아들이 세례를 받을 때가 되자 부인은 문득 아이의 대부를 구해야 한다는 생각이 들었다. 어둠이 깔리는 저녁 무렵 다시 달콤한 음악이 흘러나왔을 때, 그녀는 이웃 빈스방거 노인의 집으로 건너갔다. 그녀가 머뭇거리며 방문을 노크하자 갑자기 음악 소리가 멈추었다. 그리고 노인이 나오면서 친절하게 말했다.

"들어오세요!"

방 안 탁자에는 작고 낡은 전등이 켜 있고, 책이 한 권 놓여 있었다. 가구며 벽난로도 여느 집과 특별히 다를 게 없었다.

엘리자베트 부인이 입을 열었다.

"친절한 분을 보내 주셔서 감사하다는 인사를 드리려고 왔어요. 제가 다시 일을 해서 돈을 벌게 되면 꼭 보답하겠습니다. 그런데 실은 걱정거리가 하나 있답니다. 아우구스투스가 세례를 받아야 하는데 대부가 되어 줄 사람이 없어요."

"예, 저도 그 생각을 했습니다."

노인이 희끗희끗한 수염을 쓸며 이렇게 말했다.

"어려울 때 아이를 돌봐 줄 수 있는 선량하고 형편이 넉넉한 사람이라면 좋겠지요.

그러나 저는 늙고 외로운 노인인데다 친구도 별로 없습니다. 제가 대부가 된다면 모를까 달리 추천해 줄 사람이 없군요."

그 말을 듣자 가련한 어머니는 뛸 듯이 기뻐했다. 노인에게 고맙다는 인사를 하며 그를 아이의 대부로 맞아들였다. 일요일이 되자 그들은 아기를 교회로 데려가 세례를 받게 했다. 그 자리에는 산파 노릇을 해 준 늙은 부인도 나와서 아기에게 1탈러(유럽에서 15세기에서 19세기까지 쓰인 은화-편집자) 은화를 선물로 주었다. 어머니가 주저하자 그녀는 이렇게 말했다.

"받아 둬요. 나는 살 만큼 살았고, 필요한 건 다 가지고 있어요. 이 1탈러가 아이에게 행운을 가져다줄지도 모르잖아요. 내가 빈스방거 씨를 위해 좋은 일 한 번 했다고 생각하세요. 우린 오랜 친구랍니다."

세례식이 끝나자 그들은 함께 집으로 돌아왔다. 엘리자베트 부인은 손님들을 위해 커피를 끓였고, 이웃집 노인은 과자를 가져왔다. 조촐한 세례 축하 잔치가 시작되었다. 다들 즐거운 시간을 보낸 뒤 아기가 깊이 잠이 든 것을 보고 빈스방거 씨가 조용히 입을 열었다.

"드디어 제가 꼬마 아우구스투스의 대부가 되었군요. 생각 같아서는 금화를 한 보따리 선물하고 싶지만 그럴 처지가 못 되네요. 여기 대모가 준 은화 옆에 저도 1탈러를 놓아두겠습니다. 그리고 제가 아이를 위해 한 가지를 해 드리겠습니다. 엘리자베트 부인, 당신은 벌써 아들에게 아름답고 좋은 것을 많이 빌어 주었겠지요. 이제 그 아이에게 무엇이 가장 좋을까 생각해 보세요. 부인의 소원이 이루어지도록 해 드리죠. 아들을 위해 소원을 한 가지만 선택하세요. 딱 하나여야 합니다. 잘 생각해 두세요. 오늘 저녁 저의 집에서 음악 소리가 들릴 때 아들의 왼쪽 귀에 대고 그 소원을 말하면 이루어질 것입니다."

이어 노인은 자리를 털고 일어섰고, 늙은 부인도 그와 함께 떠났다. 엘리자베트 부인만 넋 나간 얼굴로 혼자 남아 있었다. 요람 안의 1탈러짜리 은화 두 개와 탁자 위에 먹다 남은 과자가 없었더라면
이 모든 것을 꿈으로 여겼을 것이다.

어머니는 요람 곁에 앉아 아이를 흔들어 주면서 어떤 소원을 빌 것인지 생각해 보았다. 처음에는 아이를 부자로 만들고 싶었다. 하지만 좀 더 생각하니 잘생기고 힘이 센 사람이 되는 것도 좋을 것 같았다. 아니면 영리하고 총명한 학자가 되는 건 어떨까. 아무리 생각해 보아도 하나같이 아쉬운 점이 남았다. 열심히 궁리하던 어머니는 어쩌면 노인이 농담으로 한 말을 가지고 이러는 건 아닌가 하는 생각이 들었다.

날이 어두워지고 있었다. 어머니는 요람 옆에 앉은 채 꾸벅꾸벅 졸았다. 간밤에 잠을 설친 데다 세례식이 끝나고 손님 대접하랴, 무슨 소원을 말할까 생각하랴 피곤했기 때문이었다. 그때 이웃집에서 아름답고 부드러운 음악이 흘러나오기 시작했다. 지금껏 들어 본 어떤 소리보다 달콤하고 멋진 음악이었다. 그 소리에 어머니는 정신이 번쩍 들었다. 순간 아이의 대부인 빈스방거 노인이 주는 선물이 진짜로 이루어질 것이라고 믿게 되었다. 그러나 너무나 신중하게 생각한 나머지

34

모든 것이 머릿속에서 뒤죽박죽 엉켜 버려 아무것도 결정할 수가 없었다. 그녀는 조바심이 나서 눈물이 날 지경이었다. 음악 소리가 점점 낮아지고 희미해졌다. 어머니는 지금 이 순간 말하지 않는다면 너무 늦어 모든 것을 잃어버리고 말리라는 생각이 들었다. 어머니는 한숨을 내쉬며 아이 쪽으로 몸을 구부렸다. 그리고 아이의 왼쪽 귀에 대고 속삭였다.

"아들아, 내가 너에게 바라는 것은…… 바라는 것은……."

음악 소리가 거의 사라지려는 찰나 어머니는 깜짝 놀라서 재빨리 말했다.

"내가 네게 바라는 것은, 모든 사람들이 널 사랑하게 되는 거란다."

이제 음악 소리는 완전히 사라지고 어두운 방 안에는 깊은 정적이 흘렀다. 어머니는 요람을 끌어안고 눈물을 흘리며 걱정과 불안에 가득 차 외쳤다.

"아, 난 내가 아는 한 가장 좋은 것을 원했단다. 하지만 그게 옳은 것인지 모르겠구나.

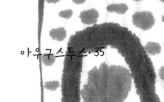

모든 사람들이 널 사랑하게 되더라도 엄마처럼 널 사랑할 사람은 아무도 없을 테니까 말이야."

아우구스투스는 다른 아이들처럼 씩씩하게 자랐다. 초롱초롱한 눈망울에 금발을 가진 귀여운 아이였다. 어머니의 하나밖에 없는 귀한 아들은 자연히 응석꾸러기가 되었다. 아이는 어디를 가든 사람들의 사랑을 독차지했다. 어머니는 아이가 세례를 받을 때 빌었던 소원이 이루어진 것을 곧 알아차렸다.

아이가 걸음마를 시작하면서 집 밖으로 데리고 나가면 아이의 총명한 눈빛을 보고 그냥 지나치는 사람이 없었다. 보는 사람마다 아이에게 손을 내밀고 눈을 맞추며 아이의 머리를 쓰다듬어 주었다. 젊은 여자들은 귀여워서 어쩔 줄 모르겠다는 듯 아이의 볼을 꼬집었고 나이가 지긋한 여자들은 아이에게 먹을 것을 주었다. 어쩌다 말썽을 피우거나 못된 짓을 해도 아무도 아이가 그랬을 거라고 믿지 않았다. 아이의 잘못이 드러났을 때에도 사람들은 어깨를 으쓱하며 이렇게 말했다

"저 귀여운 녀석은 도무지 미워할 수가 없다니까."

아우구스투스를 귀여워하는 마을 사람들은 종종 그의 어머니를 찾아왔다. 이전에는 일을 하고 싶어도 그녀에게 바느질감을 맡기는 사람이 거의 없었다. 그런데 사람들이 그녀가 아우구스투스의 어머니라는 걸 알게 되면서 그녀에게 말을 걸고 일거리를 주며 인심을 베풀었다. 그녀는 생각지도 않게 많은 후원자를 얻었다. 집안 형편도 점점 나아졌다.

아들과 함께 외출이라도 하면, 길에서 마주치는 이웃들은 상냥한 인사를 보내고 이들 모자의 행복한 모습을 부러워했다.

아우구스투스는 옆집에 사는 대부와 함께 있을 때를 가장 좋아했다. 대부는 이따금 저녁 시간에 집으로 아이를 부르곤 했다. 대부의 집은 깊은 우물처럼 컴컴했고, 단지 벽난로에서 타오르는 작은 불꽃만이 방 안을 희미하게 밝히고 있었다.

대부는 낡은 양탄자 위에 아이와 나란히 앉아 벽난로의 불빛을 바라보며 긴 이야기를 들려주곤 했다. 이야기가 끝날 즈음 아이는 늘 졸린 눈을 깜빡이며 꺼져 가는 불빛을 바라보았다. 그러면 어둠 속에서 여럿이서 함께 부르는 노래가 감미롭게 울려 나왔다. 두 사람이 노랫소리에 귀를 기울이다 보면 어느 틈엔가 온 방 안에 환하게 빛나는 아이들이 가득 찼다. 그 아이들은 금빛 날개를 달고 원을 그리며 여기저기 날아다녔고, 돌아가며 짝을 지어 춤을 추기도 했다. 아이들은 이 세상의 더없는 기쁨과 아름다움을 노래하며 퍼져 나갔다. 아우구스투스는 그렇게 아름다운 노래를 어디서도 들어 본 적이 없었다.

먼 훗날 그는 어린 시절을 떠올릴 때마다 대부와 함께 있던 일을 생각하며 아련한 추억에 젖곤 했다. 그 고요하고 어두운 방, 벽난로의 빨간 불꽃, 노랫소리, 축제 분위기에 싸여 금빛 날개를 반짝이며 날아다니던 천사들의 모습은 오래도록 그의 가슴에서 지워지지 않았다.

아우구스투스는 무럭무럭 자랐다. 그런데 아우구스

투스의 어머니는 이따금 세례식 날 밤을 생각하며 알 수 없는 슬픔에 빠질 때가 많았다. 아우구스투스는 또래 아이들과 온 동네를 누비고 다니며 뛰어놀았다. 사람들은 아우구스투스를 아끼고 귀여워하여 호두와 배, 과자와 장난감을 안겨 주기도 했다. 더러는 지나가는 아우구스투스를 집으로 불러들여 맛난 음식을 주는 사람도 있었다. 무릎에 앉혀 놓고 재미있는 이야기도 들려주고 정원의 꽃을 마음대로 꺾게 해 주었다.

밤늦게 돌아온 아우구스투스는 어머니가 만들어 준 수프를 보기도 싫다는 듯 밀쳐 버리기 일쑤였다. 어머니가 슬퍼하며 눈물을 흘리는 걸 보고도 아우구스투스는 지겹다는 듯 투덜대면서 침대로 들어가 버렸다.

한번은 어머니가 혼을 내며 벌을 주자 소리를 지르며 대들기도 했다. 모두가 자기를 사랑하고 다정하게 대해 주는데 왜 어머니는 보기만 하면 나무라느냐고. 그래서 아우구스투스의 어머니는 늘 근심에 싸여 있었다. 아들을 따끔하게 꾸짖

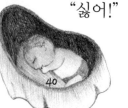

였다가도 아이가 베개에 얼굴을 묻고 잠이 들어 촛불이 아이의 순진한 얼굴 위에서 아른거릴 때면, 그동안 서운하고 미웠던 마음이 눈 녹듯 사라졌다. 그녀는 아들이 깰세라 조심조심 입을 맞추었다. 생각해 보면 사람들이 아우구스투스를 좋아하게 만든 것은 자신이었다. 어머니는 때때로 슬픔에 잠겨 그날 그 소원을 빌지 않았으면 좋았을 것이라고 뼈아픈 후회를 했다.

아우구스투스가 다섯 살 되던 무렵이었다. 어느 날, 아우구스투스의 어머니는 빈스방거 노인의 창 아래에서 가위로 제라늄 꽃의 시든 잎을 잘라 내고 있었다. 그때 뒤뜰 저쪽에서 아들의 목소리가 들려왔다. 어머니는 고개를 내밀고 넘어다보았다. 아우구스투스는 아름다운 얼굴에 한껏 도도한 표정을 짓고 벽에 기대어 서 있었다. 그 앞에는 키가 큰 여자아이가 뭔가 졸라대고 있었다.

"애, 내 이마에 키스 한 번만 해 주지 않을래?"

"싫어!"

40

아우구스투스는 손을 주머니에 찌른 채로 거만하게
말했다.

"그러지 말고, 제발."

여자아이가 다시 말했다.

"네게 선물을 줄게."

"뭔데?"

"나한테 사과가 두 개 있어. 하나를 줄게."

여자아이가 수줍은 듯 말했다.

"난 사과 싫어해."

아우구스투스는 경멸하듯 내뱉으며 자리를 떠나
려고 했다.

여자아이는 놀라서 얼른 아우구스투스를 붙잡고
말했다.

"얘, 나한테 예쁜 반지도 있어."

"보여 줘 봐!"

아우구스투스가 말했다.

여자아이가 반지 낀 손을 내밀었다. 아우구
스투스는 자세히 살펴보더니 반지를 빼내어

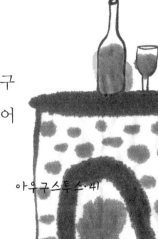

자기 손가락에 끼었다. 그러고는 햇빛에 비추어 보며 싱긋 웃었다.

"좋아, 키스해 줄게."

아우구스투스는 재빠르게 여자아이의 이마에 키스했다.

"이제 나랑 놀러 가자."

여자아이는 다정하게 아우구스투스의 팔에 매달렸다. 그러자 아우구스투스는 여자아이의 손을 홱 뿌리치며 거칠게 쏘아붙였다.

"그만 좀 내버려 둬! 나랑 놀 애들은 얼마든지 있어!"

여자아이가 울면서 뛰어가자 아우구스투스는 얼굴을 찌푸렸다. 그러고는 손가락에 낀 반지를 빙빙 돌리며 유심히 들여다보더니 휘파람을 불면서 가 버렸다.

어머니는 가위를 손에 든 채 놀라서 입을 다물지 못했다. 아우구스투스가 다른 사람들의 마음을 함부로 짓밟는 모습을 이해할 수 없었다. 어머니는 멍하니 앉아 고개를 내저으며 중얼거렸다.

"정말 나쁜 아이야. 어쩌면 저렇게 마음에 따뜻한 구석이 하나도 없을까?"

아우구스투스가 집에 돌아왔을 때 어머니는 따끔하게 한마디 해야겠다고 마음먹었다.

아우구스투스는 더없이 천진하고 맑은 눈으로 어머니를 바라보았다. 자신이 잘못했다는 생각 따윈 조금도 없었다. 아우구스투스는 노래를 부르며 어머니에게 어리광을 부리기 시작했다. 어머니는 아들의 귀엽고 다정한 모습에 그만 웃지 않을 수가 없었다. 한편으로는 아우구스투스에게 너무 심하게 대해서는 안 되겠다는 생각이 들었다.

아우구스투스는 잘못을 하고도 아무런 벌도 받지 않았고 갈수록 자만심으로 가득 찬 비뚤어진 아이가 되어 갔다.

유일하게 대부인 빈스방거 노인만이 아이가 어려워하는 사람이었다. 대부의 부름을 받고 그 집에 갔을 때, 대부가 "오늘은 벽난로에 불도 없고 음악도 없단다. 작은 천사들이 슬퍼하고 있어.

네가 너무 나쁜 짓을 해서 말이야." 하고 말하는 날도 있었다. 아우구스투스는 말없이 집으로 돌아와서는 침대에 몸을 던지고 울었다. 그리고 한동안은 착하고 사랑스럽게 굴려고 애를 썼다.

하지만 벽난로에서 불꽃이 타오르는 일은 점점 더 줄어들었다. 대부는 아우구스투스가 아무리 눈물을 흘리고 어리광을 피워도 꿈쩍하지 않았다.

아우구스투스가 열두 살이 되었을 때, 대부의 집 방 안에서 보았던 천사들의 춤은 이미 먼 꿈이 되어 버렸다. 어쩌다 밤에 그 꿈을 꾸게 되면, 아이는 이튿날 더욱 거칠게 굴며 소란을 피웠다. 골목대장 노릇을 하며 또래 친구들을 이끌고 남의 집 울타리를 넘어 꽃밭을 망쳐 놓는 등 못된 짓을 일삼았다.

어머니는 이미 사람들에게 아들에 대한 칭찬을 듣는 데 지쳐 있었다. 아무리 아우구스투스가 잘나고 사랑스러워도 걱정이 앞설 뿐이었다.

그러던 어느 날, 아우구스투스의 선생님이 어머니를 찾아왔다. 아우구스투스를 아끼는, 마을의 부자 한 사

44

람이 아우구스투스를 도시에 있는 학교에 보내 공부를 하도록 돕고 싶다는 이야기를 전했다. 어머니는 그 문제를 대부와 의논했다.

어느 봄날 아침, 마차 한 대가 집 앞에 도착했다. 아우구스투스는 멋진 새 옷을 입고 마차에 올라 어머니와 대부, 그리고 이웃 사람들에게 작별 인사를 했다. 큰 도시로 가서 공부를 하도록 허락받았기 때문이었다. 어머니는 아들의 금발을 쓸어 주며 축복의 말을 건넸다. 곧 마차가 움직였고, 아우구스투스는 낯선 세계를 향해 떠났다.

몇 년의 세월이 흘렀다. 어릴 적에 고향을 떠났던 아우구스투스는 이제 수염이 거뭇거뭇한 청년이 되었다. 그는 대학생들이 쓰는 빨간 모자를 쓰고 고향에 돌아왔다. 어머니가 위독하다는 대부의 편지를 받았기 때문이었다.

아우구스투스는 저녁 무렵 집에 도착했다. 사람들은 그의 달라진 모습을 보고 눈이 휘둥그레졌다. 그가 마차에서 내리자 마부가 커다란 가죽 가방을 들고 뒤를 따랐다.

어머니는 허물어져 가는 낡은 집에서 죽어 가고 있었다. 그녀는 핼쑥하고 여윈 얼굴로 자리에서 일어나지도 못한 채 대학생 아들을 맞이했다. 아우구스투스는 울면서 침대 맡에 꿇어앉아 어머니의 차디찬 손에 입을 맞추었다. 그리고 꼬박 밤을 새우며 어머니의 임종을 지켰다.

어머니의 장례를 치르고 나자 빈스방거 노인은 아우구스투스를 자기 집으로 데려갔다. 그 집은 아우구스투스에게는 더욱 낡고 어두컴컴하게 느껴졌다.

두 사람은 오랫동안 함께 앉아 있었다. 어느덧 날이 저물었다. 방 안의 짙은 어둠 속에서 창유리가 희미하게 빛을 내자 노인은 여윈 손가락으로 수염을 쓰다듬으며 이렇게 말했다.

"벽난로에 불을 지펴야겠구나. 넌 내일이면 다시 떠나야겠지. 이제 어머니가 돌아가셨으니 너를 다시 볼 수도 없겠구나."

빈스방거 노인은 벽난로에 불을 피우고 난로 곁으로

의자를 끌어다 앉았다. 아우구스투스도 그렇게 했다. 그들은 오랫동안 말없이 앉아 타고 있는 장작불을 바라보았다. 마침내 노인이 다정한 목소리로 입을 열었다.

"잘 가라, 아우구스투스. 네가 잘되기를 빈다. 네 어머니는 좋은 분이셨단다. 그분은 네가 알고 있는 것보다 더 많은 것을 네게 해 주셨다. 너한테 다시 한 번 음악을 들려주고, 작은 천사들을 보여 주고 싶다만 이제는 그럴 수 없다는 걸 너도 알겠지. 하지만 그들을 잊어선 안 된다. 그들은 여전히 노래하고 있을 것이다. 언젠가 네가 외로움에 사무쳐 그들을 그리워하며 다시 찾을 때, 다시 한 번 그 노래를 들을 수 있을 게다. 이제 그만 작별을 하자꾸나. 얘야, 난 늙었다. 이젠 잠자리에 들어야겠다."

아우구스투스는 대부와 악수를 하고 헤어지면서 아무 말도 할 수 없었다. 무거운 마음으로 쓸쓸한 옛 집으로 건너와 고향에서의 마지막 잠을 청하기 위해 침대에 누웠다. 잠들기 전 아우구스투스는 어렴풋이 어린 시절에 듣던 달콤한 음악을 들은 것도 같았다.

이튿날 아침 아우구스투스는 길을 떠났고, 오랫동안 그의 소식을 들을 수 없었다.

아우구스투스는 이내 대부 빈스방거 노인과 천사들을 잊어버렸다. 도시에서의 삶은 아우구스투스의 마음을 송두리째 빼앗았다. 무엇 하나 부족한 것 없이 풍족하고 화려한 생활이 아우구스투스를 더욱 자신만만하게 만들었다. 아우구스투스는 말을 타고 거침없이 도시의 골목을 누볐고, 자신의 마음을 얻으려고 애를 태우는 여인들에게 조롱 섞인 눈빛을 보냈다. 그 누구도 아우구스투스의 가볍고 매혹적인 춤을 흉내 낼 수 없었다. 빠르고 날렵하게 마차를 모는 아우구스투스의 솜씨 역시 따라올 자가 없었다. 누구도 여름밤의 정원에서 그렇게 호탕하게 떠들면서 술을 마실 수 없었다.

많은 여인들이 아우구스투스의 사랑을 얻으려고 멋진 옷과 말과 그가 갖고 싶어 하는 모든 것을 주었다. 아우구스투스는 여인들과 파리와 로마로 함께 여행을 다니며 세상의 맛있는 요리는 빼놓지 않고 맛보았다.

하지만 아우구스투스가 정말 사랑하는 여인은 따로 있었다. 그녀는 시장의 딸이었는데, 물결치는 듯한 아름다운 금발을 갖고 있었다. 아우구스투스는 밤마다 위험을 무릅쓰고 시장 집 담을 넘어가 여인을 만났다. 여행 중일 때에는 그녀에게 가슴 절절한 사랑이 담긴 긴 편지를 써서 보내기도 했다.

그런데 얼마 뒤 아우구스투스는 영영 돌아오지 않았다. 파리에서 새로운 친구들을 사귄 것이다. 원하는 것은 뭐든 해 주는 돈 많은 애인도 싫증이 났고 공부는 오래전에 그만둔 마당이었다.

아우구스투스는 먼 나라에 머물면서 귀족처럼 호화롭게 살았다. 말과 개를 키우고 하녀들을 거느렸으며, 도박판에 끼어 돈을 잃기도 하고 따기도 했다.

어디를 가든 사람들이 그와 같이 있으려고 안달을 했다. 기꺼이 선물을 주거나 따라다니며 시중을 드는 이들도 있었다. 아우구스투스는 아주 어릴 적에 여자아이에게서 반지를 받았을 때처럼 교만하고 도도한 미소를 지으며 그런 것들을 받아들였다.

세례식 날 빌었던 소원의 마력이 그의 눈과 입술에 깃들어 세상 모든 이들이 그 앞에 굴복했다. 여자들은 그를 보자마자 마음을 빼앗겨 말이라도 한 번 건네 보려고 그의 주위를 맴돌았고, 친구들도 그의 매력에 빠져들었다. 아무도 아우구스투스가 오로지 탐욕으로 가득 차 있는 사람이라는 것을 알지 못했다. 아우구스투스의 영혼은 병들고 썩어 가고 있었지만 알아채는 사람은 없었다. 심지어 그 자신조차도 느끼지 못한 것이다.

아우구스투스는 때때로 주위 사람들의 집요한 사랑에 치이고 지쳐 불현듯 집을 나서 낯선 도시를 떠돌기도 했다. 그러나 어디서든 사람들은 어리석었고, 너무나 쉽게 그에게 넘어갔다. 모든 사람들이 아우구스투스를 따르고 떠받들었지만 그의 마음은 채워지지 않았다. 사랑이라는 것도 그저 가소롭게 보였다. 아우구스투스는 사랑을 원하는 여자나 남자들의 비굴한 모습에

역겨움을 느꼈다.

어떤 날은 종일 개를 데리고 여기저기 쏘다니거나, 깊고 호젓한 산속에서 사냥을 하며 시간을 보냈다. 부끄러운 줄 모르고 치근대는 여자에 비하면 총에 맞아 쓰러진 사슴을 보는 일이 아우구스투스에게는 더 큰 위안이 되었다.

어느 날 아우구스투스는 배를 타고 여행을 하다가 대사의 젊은 부인을 보게 되었다. 그녀는 북유럽의 귀족 출신으로, 무척 아름다웠으며 기품이 넘쳤다. 배에 함께 타고 있는 귀부인과 신사들 속에서도 단연 돋보였다. 그녀는 자신이 남들과는 다른 특별함을 지녔다는 걸 잘 아는 듯 걸음걸이 하나에서부터 오만함이 묻어났다. 아우구스투스가 그녀의 아름다움에 넋을 잃고 바라보는 걸 알면서도 아우구스투스에게 눈길 한 번 주지 않았다.

아우구스투스는 태어나서 처음으로 사랑이 무엇인지 알게 되었다. 그날 이후로 그는 그녀의 마음을 얻기 위해 주변을 맴돌았다.

배 안에서도 아우구스투스는 남자 여자 할 것 없이 그와 이야기하려는 사람들에 둘러싸여 있었기 때문에 귀족들 못지않게 당당한 위엄을 지닐 수 있었다. 게다가 그 부인의 남편조차도 아우구스투스에게 예의를 갖추며 그의 마음에 들려고 애썼다.

남쪽의 어느 항구 도시에 이르렀을 때 배가 닻을 내렸다. 배에서 필요한 물건들을 사고 시설을 정비하기 위해 승객들에게 얼마 동안 자유 시간이 주어졌다. 여행객들은 낯선 이국 땅을 밟아 보고 도시의 풍물을 구경하기 위해 서둘러 배에서 내렸다.

아우구스투스는 젊은 부인과 단둘이 있을 기회를 엿보았으나 쉽지 않았다. 부인 뒤를 계속 쫓아다니던 그는 사람들로 북적거리는 시장에서 마침내 그녀를 붙들고 말을 거는 데 성공했다.

시장은 비좁고 어두운 골목들이 수없이 연결되어 있었다. 아우구스투스는 외진 골목으로 젊은 부인을 이끌었다. 엉겁결에 아우구스투스를 따라온 부인은 갑자기 단둘이 있다는 것을 깨닫고는 불안한 표정을 감추지 못했다. 일행의 모습이 보이지 않게 되자, 아우구스투스는 타는 듯한 눈빛으로 젊은 부인의 얼굴을 똑바로 바라보았다. 그리고 부인의 손을 붙들고 이곳에 그냥 남아 있다가 함께 도망가자고 말했다. 젊은 부인은 얼굴이 창백해져서 말했다.

"기사답지 못하군요."

부인은 애써 침착하게 말을 이었다.

"당신이 지금 했던 말은 못 들은 걸로 할게요."

"나는 기사가 아닙니다."

아우구스투스는 안타까운 목소리로 소리쳤다.

"당신을 사랑하는 사람일 뿐이에요. 다른 것은 생각하고 싶지 않아요. 오로지 연인과 함께 있고 싶은 마음뿐이죠. 사랑하는 이여, 제발 함께 갑시다. 우리는 행복해질 거예요."

젊은 부인의 갈색 눈이 진지하게, 마치 아우구스투스를 나무라듯 바라보았다.

"어떻게 아셨나요, 내가 당신을 사랑한다는 것을?"

젊은 부인은 탄식하며 말했다.

"나는 거짓말을 못해요. 당신을 사랑하고 있어요. 문득 당신이 내 남편이었으면 하고 바란 적도 있어요. 당신은 내가 태어나서 처음으로 사랑을 느낀 사람이에요. 아, 사랑이란 왜 이토록 잔인하고 사람을 추하게 만드는 것일까요? 내가 순수하지도 선량하지도 못한 사람을 사랑할 수 있으리라고는 꿈에도 생각 못했어요. 하지만 나는 천 번이라도 남편 곁에 머무르는 쪽을 택하겠어요. 비록 불같은 사랑은 없지만 그는 신사예요. 그리고 당신이 감히 따라가지 못할 명예와 품격을 지닌 사람이죠. 더 이상 아무 말 말고 나를 배로 데려다 줘요. 그렇지 않으면 여기서 소리를 질러 당신의 파렴치한 짓을 사람들에게 알리겠어요."

젊은 부인은 아우구스투스가 매달리며 애원을 하고 협박을 해도 눈 하나 깜짝하지 않았다. 오히려 매정하게 아우구스투스를 뿌리치고 돌아섰다. 아우구스투스는 묵묵히 부인의 뒤를 따랐다. 그녀를 배까지 데려다 주지 않아도 그녀는 혼자서 배로 돌아갔을 것이다.

아우구스투스는 자신의 짐을 뭍으로 내리게 한 뒤, 한마디 작별 인사도 없이 그곳을 떠났다.

그날 이후 모든 이에게 사랑받던 아우구스투스의 행복은 끝났다. 그는 인간의 미덕과 명예를 증오하며 가차 없이 짓뭉갰다. 그리고 교양 있고 착한 여자들을 유혹했다.

매력이 넘치는 아우구스투스가 마음만 먹으면 못할 게 없었다. 순진한 사람들은 쉽게 희생양이 되었다. 그들에게 다가가 둘도 없는 친구처럼 행동하며 충분히 이용한 다음 실컷 조롱하며 내치는 일이 아우구스투스에게는 새로운 즐거움이 되었다.

아우구스투스는 정숙한 여인들을 비참한 처지로 내몰았으며, 좋은 집안의 젊은이들에게 접근하여 유혹하고 짓밟았다. 아우구스투스는 세상의 온갖 향락을 찾아다니며 정신과 육체를 타락시켰고, 부도덕하고 몰염치한 짓을 셀 수도 없이 저질렀다. 마치 사랑으로 상처받은 자신에게 복수하고 저주를 퍼붓 듯이.

갈수록 아우구스투스의 마음은 공허해졌다. 황폐한 가슴에 한때 그를 향해 쏟아지던 사랑의 울림 따위가 들어설 자리는 없었다.

아우구스투스는 몸과 마음이 지칠 대로 지쳐 바닷가에 있는 한 별장에 틀어박혔다. 이따금 친구들이나 아직도 그에게 미련을 버리지 못한 여자들이 찾아오면 그는 온갖 변덕과 광기를 부리며 그들을 괴롭혔다. 그의 마음속에는 사람들에게 경멸과 모욕을 퍼부어 주고 싶은 욕망만이 끊임없이 소용돌이쳤다. 이 모든 것은 애초에 바란 적도 없고 받고 싶지도 않은 사랑이 그를 둘러쌌기 때문이다. 자만과 영악함은 스스로를 썩게 만들었다.

아우구스투스는 자신의 삶에 넌더리가 났다. 오로지 받기만 했던 거짓투성이의 소모적인 삶으로 돌아가고 싶지 않았다. 그래서 때로는 며칠씩 물 한 모금 마시지 않고 버틸 때도 있었다. 지난 수십 년 동안 길들여진 욕망을 끊어 내고 자신이 진정으로 바라는 것이 무엇인지 알고 싶어서였다.

친구들 사이에 아우구스투스가 몸이 아파서 휴양을 해야 한다는 소문이 퍼졌다. 친구들이 아우구스투스의 안부를 물으며 걱정하는 편지를 보내왔지만 그는 거들떠보지도 않았다. 별장까지 찾아왔다가 끝내 얼굴도 보지 못하고 돌아서는 사람들은 하인들에게 아우구스투스의 상태를 물었다. 그는 방 안에 틀어박힌 채 바다를 내려다보며 끓어오르는 분노를 억눌렀다. 자신의 삶이 왠지 놀림을 당하거나 이용된 것 같은 기분이 들었다. 검푸른 몸을 뒤척이는 파도 속에서 그는 공허하고 아무런 결실도 없는 자신의 지난 날을 보았다.

창가에 웅크리고 앉아 자신과 싸우고 있는 아우구스투스의 모습은 추해 보였다. 갈매기 몇 마리가 바람을 타고 먼 바다를 향해 날아갔다. 아우구스투스는 죽은 나무 등걸 같은 메마르고 멍한 눈길로 그 뒤를 쫓았다.

어느 순간 아우구스투스의 입술에 냉혹하고 사악한 미소가 감돌았다. 그는 결심을 굳힌 듯 하인을 불렀다. 날짜를 정해 주며 모든 친구들을 파티에 초대하라고 지시했다. 들뜬 기분으로 찾아온 친구들이 텅 빈 집과 자신의 시체를 보고 놀라는 것을 보며 한껏 비웃어 줄 속셈이었다. 아우구스투스는 독을 마시고 생을 끝내기로 이미 마음을 먹었다.

파티가 열리기로 한 날 저녁, 아우구스투스는 하인들을 모두 내보냈다. 넓은 집 안이 조용해지자 침실로 들어가 고급 포도주를 한 잔 따른 다음 술에 강한 독약을 탔다.

술잔을 입에 갖다 댄 순간이었다. 문을 두드리는 소리가 났다. 미처 대답을 하기도 전에 문이 열리면서 작고 늙은 남자가 불쑥 들어왔다. 그는 아우구스투스에게로 다가와 그의 손에서 술잔을 낚아챘다. 그러고는 친근하고 다정한 목소리로 말했다.

"아우구스투스, 잘 있었니?"

놀란 아우구스투스는 부끄럽고 화가 치밀어 비아냥거렸다.

"빈스방거 씨, 아직 살아 계셨나요? 세월이 꽤 흘렀

는데도 전혀 늙지 않으셨네요. 갑자기 나타나 절 방해하시는 이유가 뭐죠? 막 수면제를 마시고 자려던 참이었는데 말이에요."

"그래, 안다."

대부는 조용히 말했다.

"네 말대로 수면제를 먹고 자려고 했을 테지. 아마 이게 너를 도울 수 있는 마지막 포도주일 수도 있겠구나. 하지만 그전에 잠깐 나랑 이야기를 좀 하자꾸나. 얘야, 먼 길을 왔더니 피곤하구나. 내가 한 모금 마신다고 해서 설마 화를 내지는 않겠지?"

대부는 다짜고짜 잔을 들어 올려 건배하는 시늉을 하더니 아우구스투스가 말릴 겨를도 없이 단숨에 포도주를 들이켜 버렸다.

아우구스투스는 얼굴이 하얗게 질렸다. 대부에게 달려들어 어깨를 마구 흔들며 소리를 질렀다.

"무슨 짓이에요! 지금 뭘 드신 건지 아세요?"

대부는 현자답게 고개를 끄덕이며 웃어 보였다.

"보다시피 고급 포도주가 아니냐. 맛이 나쁘지 않은걸. 행여 포도주가 모자랄까 봐 걱정하는 건 아니겠지? 시간이 별로 없다. 잠깐 내 말을 들어 준다면, 너를 오래 붙잡고 있진 않겠다."

아우구스투스는 안절부절못하며 대부의 눈을 바라보았다. 그는 대부가 곧 쓰러질 거라고 생각했다. 대부는 의자에 주저앉더니 아우구스투스에게 다정하게 고개를 끄덕여 보였다.

"그깟 포도주 한 모금에 내가 취해 쓰러질 것 같으냐? 안심해라! 내 걱정을 해 주다니 참 기특하구나. 자, 이제 옛날처럼 우리 이야기를 해 보자. 이렇게 사는 게 지겨워진 게냐? 그래, 나도 이해한다. 내가 가고 나면 넌 다시 잔을 가득 채워 마실 수도 있겠지. 하지만 그전에 네게 이야기해 줄 게 있다."

아우구스투스는 얌전히 벽에 기대어 앉아 대부의 말에 귀를 기울였다. 어린 시절부터 귀에 익은 대부의 선량하고 나직한 목소리는 그의 아름다운 과거를 일깨워 주었다. 마치 자신의 순수했던 어린 시절이 눈에 보이는 듯하여 몹시 부끄럽고 서글퍼졌다.

"독약은 내가 다 마셔 버렸다."

대부는 말을 이었다.

"네가 불행해진 데는 내 책임도 있다. 네가 세례를 받던 날, 너의 어머니는 너를 위해 한 가지 소원을 빌었단다. 비록 어리석은 것이었지만 나는 그 소원을 들어주었지. 너도 알겠지만 그건 저주가 되어 버렸다. 일이 그렇게 되어 정말 가슴이 아프구나. 너와 다시 한번 우리 집 벽난로 앞에 앉아 천사가 노래하는 걸 들을 수 있다면 정말 기쁘겠다. 글쎄, 쉬운 일은 아니겠지. 지금으로선 네 마음이 다시 건강하고 순수하고 밝아질 수 있을지 모르겠구나. 어쨌든 희망을 가지고 한번 노력해 보라고 부탁하고 싶구나."

아우구스투스는 복잡한 표정을 지었다.

"네 가련한 어머니의 소원이 결국 너를 이렇게 힘들게 만들었구나. 아우구스투스야, 이제 어떤 것이 됐든 네 소원을 한 가지 들어주마. 아마 넌 부자가 되는 것 따위는 바라지 않을 거야.

사람들에게 존경을 받거나 여인에게 사랑을 받는 것도, 그런 것들은 질릴 정도로 누렸을 테니까 말이다. 잘 생각해 보렴. 엉망이 된 인생을 다시 시작하여 네게 새로운 기쁨을 안겨 줄 수 있는 게 있다면 그걸 소원으로 빌려무나."

아우구스투스는 깊은 생각에 잠겨 한참을 말없이 앉아 있었다. 그는 몹시 지치고 절망하여 아무런 생각도 나지 않았다. 잠시 뒤 아우구스투스가 말했다.

"고맙습니다, 대부님. 그렇지만 제 인생은 이미 늦은 것 같아요. 대부님이 오시기 전에 제가 계획했던 일을 하는 게 낫겠습니다. 하지만 이렇게 와 주셔서 정말 감사합니다."

그러자 대부가 차분하게 입을 열었다.

"그래, 쉽지 않은 일이지. 그러나 애야, 한 번만 더 생각해 보렴. 지금까지 살면서 네게 가장 부족했던 게 무엇이었니? 지난 시절을 떠올려 보렴. 어머니가 살아 계실 때 너는 저녁에 자주 우리 집에 왔었지. 그때는 가끔 행복하지 않았니?"

"네, 그땐 정말 행복했어요."

아우구스투스는 고개를 끄덕였다. 어린 시절의 밝고 순수한 모습이 마치 아주 오래된 거울에 비치듯 어렴풋이 떠올랐다.

"하지만 그 시절은 다시 오지 않아요. 다시 아이가 되게 해 달라고 빌 수는 없잖아요. 아, 모든 걸 처음부터 다시 시작할 수만 있다면……."

"그래. 네 말이 맞다. 그건 의미가 없는 일이지. 하지만 고향에서 우리가 함께했던 시절이며, 네가 대학생 때 밤마다 정원으로 찾아갔던 너의 첫사랑, 그리고 언젠가 배를 타고 여행하다 만났던 젊은 부인과의 일을 기억해 보렴. 너에게도 한 번쯤은 행복했던 순간이 있었지 않느냐. 그땐 삶이 소중하고 가치 있게 여겨졌겠지. 그때 너를 행복하게 해 주었던 것이 무엇인지 깨닫게 된다면 소원을 빌 수도 있지 않겠니? 나를 위해서 제발 그렇게 해다오, 애야."

아우구스투스는 눈을 감았다. 그리고 어두운 길목에서 자신을 이끌어 준, 아득히 먼

곳에 있는 불빛을 바라보듯 지나온 삶을 돌아보았다. 이윽고 아우구스투스는 깨달았다. 한때 그의 주위는 밝고 아름다운 것들로 가득 찼었다. 하지만 그 뒤 서서히 어두워져서 이제는 캄캄한 암흑 속을 헤매며 어떤 기쁨도 얻을 수 없게 된 것이다. 아우구스투스가 지난 일을 되새기고 하나하나 떠올릴수록 먼 곳에 있는 작은 불빛은 더욱 아름답고 사랑스러우며 애틋하게 다가왔다. 마침내 아우구스투스는 그 불빛을 알아보았다. 그의 눈에는 눈물이 가득 고였다.

"대부님 말씀대로 해 보겠습니다."

아우구스투스는 대부에게 말했다.

"제게 주셨던 옛날의 마술을 거두어 가시고, 이제부터 제가 사람을 사랑할 수 있도록 해 주세요!"

아우구스투스는 울면서 대부 앞에 엎드렸다. 대부에 대한 사랑이 다시 그 안에서 뜨겁게 타오르며 그동안 잊고 있었던 말과 몸짓이 무엇을 원하고 있는지 느껴졌다. 대부는 아우구스투스를 일으켜 세워 침대로 데

64

려가 눕혔다. 그러고는 열에 들뜬 이마 위로 흘러내린 머리카락을 쓸어 올려 주었다.

"잘 생각했다."

대부는 나지막하게 속삭였다.

"내 아들아, 모든 게 잘될 것이다."

순간 아우구스투스는 누군가에게 심하게 두들겨 맞은 것처럼 손가락 하나 꼼짝할 수 없었다. 그가 깊은 잠에 빠져들자 대부는 조용히 황량한 집을 빠져나왔다.

얼마나 지났을까. 아우구스투스는 집 안을 뒤흔드는 시끄러운 소리에 잠에서 깼다. 침대 머리맡에 있는 창문을 열어 보니 방마다 친구들이 모여 떠들고 있었다. 파티에 초대를 받고 왔는데 집이 텅 비어 있는 것을 보고는 실망해서 잔뜩 화가 난 표정이었다.

아우구스투스가 예전처럼 사람들을 매혹시키는 미소를 지으며 다가간 순간, 그는 문득 그 힘이 자신에게서 사라졌다는 것을 느꼈다. 친구들은 그를 보자마자 소리를 질러 댔고, 당황한 그가 어쩔 줄 몰라 하며 손을 내밀자 친구들은 흥분해서 그에게 덤벼들었다.

"이 사기꾼아."

한 남자가 소리쳤다.

"빌려 간 돈 당장 내놔!"

그러자 다른 한 남자도 외쳤다.

"말은 왜 안 돌려주는 거야?"

한 젊은 부인은 얼굴이 벌게져서 소리를 질렀다.

"온 세상이 내 비밀을 알아 버렸어. 네가 떠벌렸지? 가만두지 않겠어. 이 비열한 놈!"

그러자 눈이 움푹 꺼진 한 젊은이가 일그러진 얼굴로 외쳤다.

"네놈이 날 어떻게 만들었는지 봐! 이 악마! 내 젊음을 망쳐 놓은 놈!"

그렇게 소동이 계속되었다. 모두가 차마 입에 담지 못할 욕을 퍼부었다. 낱낱이 옳은 말이었다. 그들은 한꺼번에 달려들어 아우구스투스에게 행패를 부렸다. 가구들을 때려 부수었고, 돈이 될 만한 물건은 죄다 들고 나갔다. 아우구스투스는 심하게 얻어맞고 모욕을 당했다. 욕실로 들어간 그는 거울을 들여다보고 깜짝 놀랐다. 입술이 터져 피가 흐르고 옷이 찢겨 있었다. 벌겋게 충혈된 눈은 마치 악마의 눈 같았다.

"당연히 대가를 치러야겠지."

그는 중얼거리면서 얼굴에 흐르는 피를 닦았다. 그런데 미처 정신을 가다듬기도 전에 또 한 번의 소동에 휘말렸다.

이번에도 사람들이 우르르 집 안으로 들이닥쳤다. 집을 잡히고 그에게 돈을 빌려 준 사람, 그와 어울렸던 여인의 남편, 그의 꾐에 넘어가 나쁜 길로 빠진 젊은이들의 부모, 부당하게 쫓겨난 하인과 하녀들, 그리고 경찰들이었다.

한 시간 뒤 아우구스투스는 묶인 채 차에 실려 감옥으로 끌려갔다. 사람들이 뒤따라오며 소리를 지르거나 조롱 섞인 노래를 불렀다. 한 거지는 차의 창문으로 다가와 그의 얼굴에 오물을 던졌다.

한때 많은 이들이 아끼고 사랑했던 아우구

스투스의 파렴치한 짓을 비난하는 소리로 온 도시가 들끓었다. 모든 사람들이 앞을 다투어 그가 저지른 악랄한 행위를 고발했다. 그는 그 어느 것도 부인하지 않았다. 이미 그의 기억 속에서 사라졌던 이들이 판사 앞에 나와 오래전 그가 했던 일들에 관해 진술했다. 그에게서 선물을 받고도 몰래 집 안의 물건을 빼냈던 하인들마저 그의 숨겨진 악덕들을 속속들이 털어놓았다.

모두들 아우구스투스를 증오하며 지독한 저주를 퍼부었다. 그의 편이 되어 감싸 주거나 그의 잘못을 용서하고 좋은 점을 기억해 주는 사람은 아무도 없었다.

아우구스투스는 이미 모든 것을 단념한 듯했다. 감옥에서 다른 죄수들이 심한 짓을 해도 묵묵히 참아 냈고, 심지어 법정에 선 증인들이 없는 일까지 덮어씌워도 부정하거나 상관하지 않았다. 아우구스투스의 몰골은 갈수록 비참해졌으며, 분노에 찬 사람들을 그저 지치고 공허한 눈빛으로 바라볼 뿐이었다.

그런데 이상한 일이 벌어졌다. 언제부턴가 아우구스

투스는 자신을 미워하는 사람들을 보면서 그들에게 진심으로 대해야겠다는 생각이 들었다. 그들 모두가 한때 아우구스투스를 사랑했다. 하지만 아우구스투스는 그들 중 아무도 사랑하지 않았다. 그는 이제 모두에게 용서를 빌며 한 사람 한 사람에게서 뭔가 좋은 것을 기억해 내려고 애썼다.

아우구스투스는 감옥에 갇혔다. 면회가 금지되어 아무도 만날 수 없었지만 찾아오는 이도 없었다.

때때로 아우구스투스는 꿈속에서 어머니와 첫사랑의 연인, 대부 빈스방거 씨, 배에서 만났던 젊은 부인과 긴 이야기를 나누었다.

깨어 있을 때는 고독과 상실감에 빠져 맥없이 앉아 있곤 했다. 그는 사람이 그리웠다. 누군가와 눈을 마주치고 말을 걸고 마음을 나누고 싶었다. 한때 그가 원했던 쾌락이나 소유하고자 하는 갈망과는 비교도 안 될 만큼 그는 사람이 사무치게 그리웠다.

아우구스투스가 감옥에서 나왔을 때, 늙고 병든 그를 알아보는 사람은 아무도 없었다.

그가 없어도 세상은 여전히 돌아가고 있었다. 거리에는 산책을 하거나 차나 말을 타고 가는 사람들로 북적거렸다. 사람들은 길거리에 내놓은 과일값을 흥정하고 신문에 난 사건에 대해 이야기 꽃을 피웠다. 그러나 누구도 아우구스투스에게 주의를 기울이지 않았다.

한때 같이 음악을 듣고 샴페인을 마시며 춤을 추었던 아름다운 여인들이 호화로운 마차를 타고 그를 지나쳐 갔다. 마차 뒤에서 부연 먼지가 일며 아우구스투스를 덮쳤다.

화려한 생활 속에서 그를 숨 막히게 하던 공허와 고독감은 완전히 사라졌다.

아우구스투스는 이따금 한낮의 햇볕을 피해 남의 집 대문간에 몸을 들이거나 뒷마당에 나와 있는 집주인에게 물 한 모금을 청했다. 예전에는 사람들이 아우구스투스가 오만불손하게 말해도 그저 존경 어린 눈빛으로 바라보았는데 이제는 그에게 적대감을 보이며 퉁명스럽게 굴었다. 그런데도 그런 사람들의 눈빛은 오히려 그를 기쁘게 하고 감동을 주었다.

길바닥에서 놀고 있거나 학교에 가는 아이들을 볼 때면 그의 눈에는 사랑이 가득 차올랐고, 집 앞 벤치에 앉아 햇볕을 쬐고 있는 노인들을 보아도 가슴이 뭉클해졌다. 수많은 사람들의 모습이 그의 마음을 파고들었다. 사랑하는 소녀를 애틋한 눈빛으로 좇고 있는 젊은이나 고된 하루 일을 끝내고 집에 돌아와 아이들을 껴안는 노동자들, 급한 환자를 위해 서둘러 마차를 몰고 가는 점잖은 의사도 보았다. 더러운 옷을 걸치고 꽃을 파는 여자아이를 볼 때는 눈시울을 적시곤 했다. 그전에는 한 번도 그런 아이들의 삶이 얼마나 비참한지 생각해 본 적이 없었다. 아우구스투스는 그들을 보면서 사랑했던 어머니와 자신의 삶을 흔들었던 운명을 떠올렸다. 모두가 사랑스럽고 경이로웠으며 그에게 많은 것을 돌아보게 해 주었다.

어디를 보아도 자신보다 더 나쁜 사람은 없는 것 같았다. 아우구스투스는 사람들에게 뭔가 조금이라도 도움이 되고 싶었다. 그래서 자신의 사랑을 보여 줄 수 있는 곳을 찾아 나서기로 마음먹었다.

아우구스투스는 자신의 모습이 더 이상 사람들에게 기쁨을 주지 않는다는 사실에 익숙해져야 했다. 마르고 주름투성이의 얼굴에 해진 신발과 누더기나 다름없는 옷을 걸친 그를 누구도 환영하지 않았다. 게다가 목소리와 걸음걸이에서도 화려했던 시절의 멋지고 우아한 모습은 찾아볼 수 없었다.

아이들은 허연 수염을 길게 늘어뜨리고 거지꼴을 한 그를 보고 무서워 달아났다. 잘 차려 입은 사람들은 행여 옷을 더럽힐세라 슬금슬금 자리를 피했다. 또 가난한 사람들은 이 낯선 자가 자기들의 적은 몫마저 빼앗아 가는 건 아닌지 경계의 눈초리를 보냈다. 사람들을 돕고 싶어도 뜻대로 되지 않았다.

그런데 어느 순간 아우구스투스는 비록 하찮은 것일지라도 누군가에게 도움이 되어 줄 수 있다는 것을 깨달았다. 빵 가게 문의 손잡이에 손이 닿지 않는 작은 아이를 위해 그는 기꺼이 문을 열어 주었다. 때때로 길바닥에 앉아 구걸을 하는 사람에게 주머니에 있는 몇 푼의 돈을 나누어 주었다. 길을 가다 장님을 보면 무사히 길을 건널 수 있도록 도와주기도 했다. 그것조차 할 수 없을 때에는 사람들에게 밝고 따뜻한 미소로 인사를 건넸다. 그리고 상처 입은 사람들에게는 마음에서 우러나오는 위로를 해 주었다.

아우구스투스는 세상을 떠돌면서 사람들이 원하는 것이 무엇인지 차츰 알게 되었고, 어떻게 대할 때 그들이 기뻐하는지를 배웠다. 어떤 사람은 명랑하고 다정한 인사 한마디에 즐거워했고, 어떤 사람은 말없이 바라보는 것만으로도 위안을 얻었다. 또 어떤 사람은 참견하지 않고 모른 척 자신을 방해하지 않는 것을 오히려 고마워했다.

사람들은 온갖 불행 속에서도 늘 작은 것에 만족하며 희망을 잃지 않았다. 아우구스투스는 그것을 보며 많은 깨달음을 얻었다. 절망적인 고통 가운데에도 기쁜 웃음이 있고, 죽음을 알리는 종소리 곁에는 아이의 노래가 있으며, 가난과 비천함

속에도 재치와 너그러움과 위로가 있다는 것
을 생각할 때마다 그는 세상이 더없이 아름답다
는 생각을 했다.

그가 보기에 인간에게는 스스로 삶을 바꾸어 나갈
수 있는 힘이 있었다. 길을 가다 마주친 아이들의 눈에
서는 용기와 호기심과 싱싱한 젊음이 반짝였다. 아이
들이 그를 조롱하고 괴롭혀도 그는 기분 나빠하지 않
았다. 가게 앞을 지나칠 때라든가 분수대에서 물을 마
실 때, 유리창이나 물에 비친 볼품없고 초라한 자신의
모습을 보고도 아무렇지 않았다.

아우구스투스에게는 사람들의 눈길을 사로잡고 그들
의 마음을 휘두르는 일이 더 이상 중요하지 않았다. 그
런 것들은 이미 충분히 누렸다. 그가 한때 추구했던 삶
의 길을 향해 사람들이 열심히 나아가며 자신을 채워
나가는 모습만이 그저 아름답고 좋아 보였다. 아우구
스투스는 모든 사람들이 용기와 자부심과 희망을 품고
그토록 열심히 목표를 향해 나아가는 것이 놀라울 뿐
이었다.

74

그러는 동안 몇 해가 흘렀다. 어느 여름, 아우구스투스는 빈민구호소에서 지내게 되었다. 그곳에서 그는 가난하고 비천한 사람들이 꿋꿋하게 희망을 품고 죽음을 극복해 나가는 걸 보며 행복하고 감사했다. 삶을 포기하지 않고 고통을 견뎌 내는 중환자들의 모습과 병이 나아가는 이들의 눈에 어린 생에 대한 고귀한 기쁨을 보는 것만으로도 그는 가슴이 설레었다. 죽은 사람들의 침묵과 위엄 있는 얼굴 역시 아름다웠다. 무엇보다도 그는 간호사들의 지칠 줄 모르는 사랑에 감동했다. 그러나 이런 기쁨을 오래 누리고 있을 수도 없었다.

찬바람이 불자 아우구스투스는 다시 방랑의 길을 떠났다. 겨울이 닥쳐오고 자신의 몸이 예사롭지 않다는 걸 느낀 그는 조바심이 나고 초조했다. 세상 곳곳을 다니며 사람들이 사는 모습을 더 많이 보고 싶었기 때문이었다. 그의 머리는 완전히 백발이 되었고, 움푹 꺼진 눈꺼풀 아래서 공허한 눈빛만이 아득히 미소 지었다. 기억력도 갈수록 떨어

져서 예전에 자신이 했던 일들도 전혀 생각
나지 않았다. 그러나 그는 더 바랄 게 없었으며
세상은 참으로 멋지고 사랑할 만한 곳이라고 생각
했다.

아우구스투스는 어느 초겨울 무렵 한 도시로 흘러들
었다. 거리에는 눈보라가 휘몰아치고 있었다. 늦게까
지 길에서 놀고 있던 아이들이 떠돌이 노인에게 눈뭉
치를 던졌을 뿐 어스름이 내린 도시는 고즈넉했다.

아우구스투스는 눈보라를 피해 좁은 골목으로 들어
섰다. 그런데 이상하게 그 길이 낯설지 않고 언제 와
본 적이 있는 것처럼 느껴졌다. 골목을 벗어나자 거기
에는 어머니의 집과 대부 빈스방거 씨의 집이 옛 모습
그대로 차가운 눈보라를 맞으며 서 있었다.

대부의 집 창문에 불이 켜져 있었다. 어두운 겨울밤
이라 그런지 불빛이 유난히 따뜻해 보였고, 그걸 보자
아우구스투스의 마음은 평온해졌다.

아우구스투스는 울타리 안으로 들어가 문을 두드렸
다. 이윽고 작은 노인이 나와 말없이 그를 안으로 맞아들였다. 방 안은 따뜻하고 고요했으며, 벽난로에는 약한 불꽃이 타오르고 있었다.

"배고프지 않니?"

대부가 물었다.

아우구스투스는 미소를 지으며 고개를 흔들었다.

"피곤해 보이는구나."

대부는 낡은 양탄자로 아우구스투스를 이끌었다. 두 노인은 벽난로 앞에 나란히 웅크리고 앉아 불꽃을 들여다보았다.

"정말 먼 길을 왔구나."

대부가 말했다.

"네, 피곤하긴 하지만 좋았어요. 오늘 밤은 여기서 자도 되나요? 내일 아침에 떠날게요."

"그렇게 하렴. 그런데 천사가 춤추는 걸 보고 싶지 않니?"

"천사라고요? 제가 다시 한 번 어린아이가 될 수 있다면 그러고 싶어요."

"정말 오랜만이다."

대부가 다시 말을 이었다.

"눈빛이 참 착해졌구나. 옛날 네 어머니가 살아 계셨을 때처럼 맑고 부드러워졌어. 날 다시 찾아 주다니, 정말 고맙다."

누더기를 걸친 방랑자는 친구 곁에 지친 몸을 내려놓았다. 손 하나 까딱할 수 없을 정도로 피곤했다. 훈훈한 방 안에서 불빛을 보고 있노라니 정신이 몽롱해졌다. 그는 한순간 철부지 소년으로 돌아갔다.

"빈스방거 대부님. 제가 또 나쁜 짓을 했어요. 어머니가 집에서 울고 계세요. 다시는 그러지 않겠다고 엄마에게 잘 말씀해 주세요. 그렇게 해 주실 거죠?"

"약속하마. 안심해라. 엄마는 널 사랑하신단다."

대부가 말했다.

불꽃이 점점 스러졌다. 아우구스투스는 어린 시절에 그랬던 것처럼 졸린 눈을 부릅뜨며 꺼져 가는 불빛을 보려고 애썼다.

대부가 소년의 머리를 살며시 자기 무릎에 올려놓았다. 이어 섬세하고 감미로운 음악이 어두운 방 안에 울려 퍼지기 시작했다. 어디선가 작고 빛나는 천사들이 쏟아져 나와 공중에서 사뿐하고 날렵한 몸짓으로 둥그렇게 모였다가 다시 흩어지며 짝을 지었다. 아우구스투스는 음악에 맞추어 춤추는 천사들을 넋을 잃고 바라보았다. 이윽고 그는 다시 찾아낸 낙원에 순수한 아이의 마음을 열어 놓았다.

얼핏 어머니가 부르는 소리가 들리는 것 같았다. 그러나 그는 너무 피곤했다. 아우구스트스는 대부가 자기와 한 약속을 지킬 것이라 믿으면서 잠이 들었다. 대부는 그의 손을 가슴에 나란히 모아 주고, 방 안이 짙은 어둠에 잠길 때까지 고요해진 그의 심장에 귀를 대고 있었다.(1913년)

아이리스

　봄의 정원은 천국과 같았다. 겨우내 움츠렸던 나뭇가지마다 연둣빛 물이 차오르고 봄꽃들이 환호성을 지르듯 망울을 터뜨렸다.

　어린 안젤름은 봄이 오면 종일 정원에서 살았다. 정원에는 어머니가 정성껏 가꾼 꽃들이 앞을 다투어 피어나고 있었다. 그중에서도 안젤름은 붓꽃을 가장 좋아했다. 곧게 뻗은 초록색 잎 사이로 길게 올라온 꽃대 끝에는 푸른 자줏빛 꽃이 피었다. 안젤름은 싱싱한 잎사귀에 뺨을 대거나 뾰족하게 솟은 꽃잎을 손끝으로 가만가만 눌러 보며 꽃향기를 흠뻑 들이마셨다.

　커다란 꽃잎 안에는 노란 꽃술들이 있었다. 그 사이로는 환한 빛에 싸인 길이 나 있었다. 그 길은 꽃받침을 타고 푸른 비밀을 간직한, 꽃의 심장으로 이르는 것처럼 보였다. 안젤름은 그 신비한 모습을 끝없이 들여다보곤 했다. 그것은 왕의 정원을 둘러싼 황금빛 울타리처럼 빛났다.

언젠가 꿈속에서 안젤름은 아름다운 나무들이 양쪽으로 죽 늘어선 길을 걷고 있었다. 고요한 숲길에는 바람 한 점 불지 않았다. 머리 위로 보랏빛 아치 모양의 꽃 그물이 펼쳐지며 은은하고 매혹적인 향기가 풍겼다.  그 향기가 어딘가 깊고 비밀스러운 곳으로 안젤름을 데려다 줄 것 같았다. 안젤름은 그것이 꽃의 입이라는 것을 알았다. 노란 꽃술 사이로 벌어진 길을 타고 내려가면 푸른 꽃대 안에 꽃의 심장이 숨 쉬고 있었다. 바로 그곳에 꽃의 생각과 숨결과 꿈이 살고 있었다.

커다란 꽃송이들 곁에는 이제 막 봉오리가 벌어지는 것들도 있었다. 싱싱한 물이 줄기를 타고 올라 꽃받침 위에 수줍은 듯 꽃봉오리를 열었다. 그러고는 이내 연한 자줏빛 꽃잎을 펼치기 시작했다. 꽃판 한가운데에는 짙은 자줏빛으로 도르르 말린 작은 꽃잎이 솟아올랐다.

아침이 되어 안젤름이 눈을 뜨고 꿈의 세계에서 빠져나오면, 정원은 늘 새로운 모습으로 그를 기다리고 있었다. 어제까지만 해도 단단한 초록색 꽃받침 속에 말려 있던 꽃망울이 어느새 보드라운 혀를 내밀 듯 봉오리를 펼치고 있었다. 맑은 아침 공기 속에 이슬을 머금고 있는 모습은 신비하기 그지없었다.

꽃은 오래전부터 꿈꾸어 온 세계를 향해 다정하게 첫 인사를 건넸다. 아마 꽃받침에 감싸여 있는 밑부분에는 이미 노란빛의 고운 꽃잎이 섬세한 줄무늬를 만들며 향기의 샘을 준비하고 있으리라.

한낮의 태양이 따뜻한 기운을 아낌없이 퍼뜨릴 때나 해질 녘 어스름한 황혼이 깃들 즈음 마침내 그 신비스러운 자줏빛 비단 천막을 다소곳이 펼칠 것이다. 그리고 그들의 꿈과 생각과 노래가 깊은 심장에서 울려 나올 것이다.

어떤 날은 정원에 수를 놓은 듯 온통 푸른 방울꽃이 피어나기도 했다. 또 난데없이 상큼한 향기가 퍼지면

서 가지마다 연노란 빛 월계화가 일제히 얼굴을 드러
내는 날도 있었다.

그런데 어느 날부터 붓꽃은 더 이상 꽃을 피우지 않
았다. 크고 아름다운 꽃잎이 덧없이 시들어 버려 황금
빛 울타리에 둘러싸인 길은 영원히 닫히고 말았다. 진
초록색의 잎들이 긴 칼처럼 버티고 서 있었다.

그러나 덤불 속에서는 산딸기가 익어 가
고, 양지바른 곳에서는 화사한 빛깔의 나
비들이 진주 빛 가루를 날리며 꽃들과 어
울려 놀았다.

안젤름은 나비와 조약돌과 이야기했고, 풍뎅이와 도
마뱀과도 친구가 되었다. 새들은 안젤름에게 노래를
불러 주었고, 초록 융단처럼 부드러운 이끼는 안에 품
고 있는 갈색 씨앗들을 살그머니 보여 주기도 했다.

맑은 햇빛 속에서 깨진 유리 조각이 수정처럼 빛났
다. 투명한 초록색의 빛들은 작은 궁전처럼 보였다가
반짝이는 보물 창고가 되었다.

백합이 지고 나면 자작나무

가지마다 눈꽃처럼 작은 꽃잎들이 피어났
다. 월계화 꽃잎이 시들 무렵 나무딸기가 까맣게
익어 갔다.

비록 모습은 바뀌어도 그것들은 언제나 그곳에 있었
다. 사라져 보이지 않게 되었다가도 때가 되면 다시 돌
아오곤 했다. 매서운 바람이 전나무 가지를 사정없이
흔들어 대고, 누렇게 시든 잎사귀가 바스락거리며 불
안하게 뒤척이는 날에도 정원에는 노래와 꿈과 삶이
있었다.

눈송이가 날리는 저녁, 창유리에 종려나무 가지처럼
성에가 끼고, 천사들이 은빛 종소리를 울리며 날아다
니고, 집안 곳곳에서 마른 과일이 향기를 풍길 무렵이
되어서야 비로소 정원은 깊은 잠 속으로 빠져들었다.

그곳에는 늘 변함없는 신뢰와 우정이 있었다. 마른
담쟁이덩굴 밑에서 죽은 줄 알았던 갈란투스가 뾰족
고개를 내밀고, 봄 하늘 아래 알에서 깬 어린 새들이
서투른 날갯짓을 해 멜 때면 모든 것이 여전히 그곳에
남아 있었던 것처럼 느껴졌다. 그리고 무심한 듯 보이

지만 하나의 숙명적인 몸짓으로 정확하게 때를 맞추어 시든 붓꽃의 줄기에서 연한 초록색의 순이 터 올랐다.

봄은 숨 막힐 듯 아름다웠다. 여린 꽃가지는 팔을 흔들어 안젤름을 환영했고, 작은 풀꽃 한 송이, 나뒹구는 돌멩이 하나까지 그와 친구가 되어 믿고 의지했다. 소년은 봄날의 마법 같은 은총 속에서도 첫 붓꽃이 피어

나는 걸 볼 때가 가장 가슴이 설레었다. 오래전 꿈속에서 그는 그 단단한 꽃받침 속에 담긴 기적을 보았다. 꽃의 향기와 그 오묘한 자줏빛 꽃잎은 신이 준 창조의 비밀을 푸는 열쇠였다. 그렇게 붓꽃은 순수했던 어린 시절, 안젤름 곁에 늘 있었고, 초여름의 맑은 햇살 속에서 은밀한 감동을 안겨 주었다.

꽃들은 저마다 비밀의 방을 가지고 있었다. 그 안에서 맑은 샘물을 길어 올리듯 오랜 꿈과 희망을 끌어내어 향기에 실어 담았다. 나비와 벌과 풍뎅이들이 꽃들의 달콤한 방을 기웃거리며 그들의 이야기에 귀를 기울였다.

그러나 안젤름은 그 어떤 꽃보다도 푸른 자줏빛 붓꽃이 소중하고 사랑스러웠다. 그것은 그를 깊은 명상으로 이끌었고, 그 안에서 세상의 모든 기적을 이해하고 받아들였다.

꽃의 얼굴을 들여다보면서 노란 꽃술 사이로 난 은밀한 방으로 이어지는 길을 따라가노라면 그의 영혼은 어느덧 하나의 문 앞에 다다라 있었다. 그 안에서 그는 수수께끼에 둘러싸인 미래의 꿈의 조각을 보았다.

안젤름은 이따금 꽃받침 꿈을 꾸었다. 꿈속에서 꽃받침은 마치 하늘의 궁전 문이 열리듯 거대한 몸을 벌려 그를 맞아들였다. 말이나 백조를 타고 안으로 들어가면 온 세상이 그를 따라 함께 그 신비한 궁전 안으로 들어오곤 했다. 그곳에서는 모든 소망이 이루어지고 모든 예감이 현실이 되어 나타났다.

이 땅에서 일어나는 일은 그저 상징에 지나지 않으며 하나의 문으로 들어가기 위한 과정일 뿐이다. 인간의 영혼은 마음만 먹으면 언제라도 열린 문을 통해 이 세계 안으로 들어갈 수 있다. 거기서는 너와 내가 아닌

우리가 되고, 어둠과 밝음도 하나가 된다.

　사람들은 살아가면서 이 열린 문과 수도 없이 마주친다. 누구나 한 번쯤은 우리 눈에 보이는 것은 모두 환상이며 그 뒤의 영혼과 영원한 삶이 진실이라는 것을 깨닫게 된다. 그러나 몇몇 사람만이 그 문으로 들어가 내면의 진실 속에서 아름다움을 가꿀 수 있다.

　안젤름에게는 그가 아끼는 붓꽃이 자신의 영혼에게 심오한 질문을 던지는 존재로 느껴졌다. 그 꽃이 보여 주는 다양한 세계는 그를 풀이나 돌멩이, 잡초와 곤충들과 함께 어울려 놀 수 있도록 이끌었다. 그는 틈틈이 자신 속으로 들어가 자기 몸의 신비함에 빠져들곤 했다. 노래를 부를 때나 딸꾹질이 날 때, 입과 목의 묘한 움직임과 울림을 느끼며 문득 그 안에 영혼으로 들어가는 길이 있을 거라는 생각이 들기도 했다.

　가끔 눈을 감으면 어둠 속에서 붓꽃의 푸른 꽃잎이 선명하게 떠오르곤 했다. 안젤름은 눈과 귀, 냄새와 촉각이

하나로 연결되어 있다는 생각을 할 때마다 경이로움을 느꼈다. 한순간 소리와 글자가 같은 것이 되고, 빨간색과 푸른색, 딱딱한 것과 부드러운 것이 하나가 되었다. 연한 풀이나 나무껍질도 마찬가지로 같은 냄새가 났고 서로 다르지 않음을 느낄 수 있었다.

비록 제각기 차이는 있지만 아이들은 모두 그것을 느낀다. 그러나 대부분의 아이들은 글자를 익히게 되면서 그전에 알던 모든 아름다운 세계를 홀연 잃어버리고 만다.

어린 시절의 비밀이 오래도록 남아 머물러 있는 아이들도 있다. 세월이 흘러 머리가 세고 노인이 되어서도 그 아이들에겐 그 시절의 여운이 아련히 남아 있다. 모든 아이들은 비밀에 싸인 영혼 속에서 오로지 한 가지 일에 몰두한다. 자기를 둘러싼 세상과 자신의 고유한 특징과의 수수께끼는 아이들을 끝없는 생각으로 몰고 간다.

사색가와 현자들은 평생 이 문제에 매달리지만, 대

부분의 사람들은 이 중요한 내면의 세계를 일찌감치 잊어버린다. 그들은 오로지 걱정과 불안 속에서 자신의 소망과 목표를 찾아 헤맨다. 하지만 그 어느 것도 내면으로 이끌어 영혼의 울림에 귀 기울이게 하지 않으며 아무런 위안을 주지 못한다.

어릴 적의 안젤름에게 여름과 가을은 덧없고 아름다운 것이었다. 소리 없이 왔다가 한순간 사라져 버리곤 했다. 정원 한 귀퉁이에서 갈란투스와 제비꽃이 지고 나면 백합과 히스, 장미가 뒤를 이어 아름다운 꽃봉오리를 펼쳤다가 지곤 했다. 안젤름은 늘 꽃과 함께 있었다. 새와 나비들이 그에게 말을 걸었고, 나무와 샘물이 그의 이야기에 귀를 기울였다. 그는 맨 처음 글자를 배웠을 때나 친구와 다투고 슬펐을 때면 정원으로, 어머니에게로, 화단의 알록알록한 돌들에게로 달려갔다.

어느 봄날, 안젤름은 모든 것이 달라졌다는 것을 알았다. 지빠귀는 여전히 아름다운 소리로 노래했지만 예전

그 노래가 아니었다. 청보라빛 붓꽃에서는 더 이상 꽃받침 속의 황금 울타리 길을 찾을 수 없었고, 그것은 이제 그의 은밀한 꿈도 담고 있지 않았다. 나무 덤불 속에서 산딸기 열매가 수줍게 익어 가고 나비들은 유도화 가지 위로 무리 지어 날아다녔지만, 더 이상 그의 마음을 끌지 못했다.

안젤름의 마음은 이미 다른 것에 가 있었다. 그 때문에 안젤름은 어머니에게 종종 꾸지람을 들었다. 하지만 그의 마음을 사로잡고 고통과 혼란으로 몰아넣는 것이 무엇인지 그는 정확히 알지 못했다. 다만 어느 순간 세상이 그가 알던 것과는 전혀 달라졌다는 것만은 알 수 있었다. 그리고 가까운 친구들이 그의 곁을 떠나 버려 혼자 남겨졌다는 사실을 깨달았다.

한 해, 두 해, 세월은 빠르게 흘러갔다. 안젤름은 이제 아이가 아니었다. 화단가를 장식한 알록달록한 돌멩이를 보아도 그의 마음은 시큰둥했다. 꽃들은 더 이상 그를 위해 향기를 뿜어내지 않았다. 그는 풍뎅이의 등에 바늘을 꽂아 수집 상자에 넣었다. 그의 영혼은 거친 황무지를 떠돌았고, 한때 그를 기쁨으로 채워 주었던 것들은 모두 빛을 잃었다.

젊은이는 낯설고 유혹적인 삶 속으로 거침없이 뛰어들었다. 그의 마음속에서 상징의 문 따윈 이미 잊혔다. 오로지 새로운 열망만이 안젤름의 가슴을 뛰게 했다. 그의 푸른 눈동자와 부드러운 머리카락 속에는 아직도 어린 시절의 향기가 희미하게 남아 있었다. 어느 날 문득 그것을 맡은 순간 그는 무심히 등을 돌렸다.

짧게 자른 머리 때문에 그는 다른 사람처럼 보였다. 그는 점점 대담해졌다. 때로는 변덕을 부리거나 불안에 떨면서 한편으로는 기대하는 눈빛으로 세속의 삶에 자신을 내맡겼다. 공부에 열중하며 친구들과 우정을 나누다가도 어느 날 갑자기 혼자 웅크리고 자기 세계에 들어앉았다. 때로 거칠고 상스러운 술자리에 어울려 밤새도록 취하기도 했다.

어느 날, 그는 고향을 떠났다.
어쩌다 고향 집에 내려왔을

때에도 어머니와 몇 마디 이야기를 나누
었을 뿐 집에 붙어 있지도 않았다. 친구들과 어
울리지 않을 때면 그의 손에는 늘 책이 들려 있었다.

가끔 정원을 거닐 때도 있었다. 하지만 그의 닫힌 눈
빛 앞에서 정원은 침묵했다. 한때 그를 기쁘게 하던 정
원은 영원히 그의 가슴에서 죽어 버렸다. 안젤름은 더
이상 풀이나 나무들과 눈을 맞추지 않았으며, 붓꽃의
꽃받침 속에 간직된 신성한 기적과 영원의 소리에 귀
기울이지 않았다.

그는 이제 대학생이 되었다. 솜털이 보송보송했던
얼굴이 사라지고, 고집스러워 보이는 턱과 코밑에는
거뭇하게 수염이 자랐다. 그의 가죽 가방에는 외국어
로 된 책이 그득했고, 남몰래 끼적인 시나 격언들이 적
힌 노트도 있었다. 가끔은 예쁜 소녀들의 사진과 편지
가 들어 있기도 했다.

그는 여행을 좋아했다. 커다란 배 안에서 몇 달씩 보
내거나 외국에 오랫동안 머무르기도 했다.

몇 년 뒤 그는 도시에 있는 학교에서 아이들을 가르

치는 선생이 되었다. 그는 늘 검은 모자와 장갑을 끼고 다녔다. 길에서 그와 마주치면 이웃들은 모자를 벗고 정중히 인사를 건넸다. 그가 아직 교수가 되지 않았는데도 다들 그를 교수님이라고 불렀다.

어느 날 그는 고향에 돌아왔다. 검은 상복을 입고 어머니의 관을 실은 마차 뒤를 따라가며 그는 어머니와 영원히 이별했다. 장례식 뒤로 그는 거의 고향에 가지 않았다.

안젤름은 마침내 교수가 되었다. 그는 점잖은 학자가 되고자 하던 자신의 꿈을 이루었다. 대학생들은 그를 존경했고, 그는 좋은 옷과 멋진 모자를 쓰고 다녔다. 그는 한가롭게 거리를 산책하거나 사교 모임에 가서 사람들과 어울렸다. 그의 삶은 보통 사람들과 다르지 않았다. 그의 눈빛에서는 여전히 열정이 타올랐지만 어딘가 지친 기색이 보였다.

어느 날, 그는 자신의 어린 시절을 떠올렸다. 그리고 이제 그 끝에 서 있다는 기분이 들었다. 눈 깜짝할 새에

강물 같은 시간이 흘러 자신이 바라던 세상의 중심에 서 있었다. 하지만 늘 외로웠고, 채워지지 않는 갈망 때문에 그의 마음은 공허할 때가 많았다. 교수가 되어 사람들의 존경을 받았지만 그것으로 진정한 행복을 얻을 수는 없었다. 학생들이나 도시 사람들에게서 공손한 인사를 받는 것도 더 이상 즐겁지 않았다. 도시의 생활은 생기가 없었고, 묵은 곰팡이 냄새가 났다. 자신이 좇는 행복은 이제 더 멀리에 있는 듯 여겨졌다. 그곳에 이르는 길은 탁하고 먼지에 뒤덮인 평범한 길이었다.

그 무렵 안젤름은 친구의 집에 자주 놀러 갔다. 친구의 여동생을 좋아하고 있었던 것이다. 언제부턴가 그는 그저 아름답기만 한 여자에게는 관심을 갖지 않게 되었다.

행복이란 누구에게나 다 똑같은 모습으로 오는 게 아니었다. 그가 원하는 것은 특별한 행복이었다. 친구의 여동생은 그가 생각하는 것들을 모두 지니고 있었다. 그는 진심으로 그녀를 사랑한다고 생각했다. 그녀는 특별한 여자였다. 걸음걸이에서부터 말투, 미소 모두가 독특한 매력을 지니고 있었다.

그녀의 비위를 맞추며 함께 시간을 보내는 일이 쉽지는 않았다. 그는 어둑해지는 방 안에서 혼자 서성거리며 상념에 빠지곤 했다. 그녀를 생각할수록 많은 일들이 그의 마음을 혼란스럽게 했다. 친구의 여동생은 아내로 맞기에는 나이가 좀 많았다. 또 온순하기보다 까다로운 구석이 있었다. 그녀와 함께하면서 자신이 추구하는 학문의 길을 좇기란 아무래도 어렵겠다는 생각이 들었다. 그녀는 고리타분한 학문 이야기는 질색했다. 게다가 건강한 편도 아니었고, 사교 모임이라든가 축제 이야기만 나와도 얼굴을 찌푸렸다.

그녀는 오로지 꽃과 음악에 묻혀 사는 조용한 삶을 꿈꾸었다. 무척 예민한 성격이라 사소한 것에도 상처를 받았고, 익숙하지 않은 일을 당하면 당황해서 울음을 터트리기 일쑤였다. 그녀는 사람들에게서 벗어나 혼자

만의 고독 속에서 행복을 느꼈다. 안젤름은 이 묘한 매력을 지닌 여인에게 다가가는 일이 쉽지 않다는 생각을 했다. 그녀를 위해 뭔가를 해 주고 싶어도 그것을 표현하기가 어려웠다.

안젤름은 그녀가 자기를 사랑한다고 믿으면서도 때로는 그녀가 아무도 사랑하지 않는다는 생각이 들곤 했다. 그녀는 그저 누구에게나 다정하고 상냥하게 대해 주는 것일지도 몰랐다. 그러다 그녀가 원하는 것은 오로지 그녀를 조용히 내버려 두는 것이라는 사실을 알게 되었다.

안젤름은 인생에서 변화를 찾고 싶었다. 결혼을 하여 집 안에 생기가 넘치고 아이들이 떠드는 소리와 손님들로 북적거리는 소리가 났으면 좋겠다고 생각했다.

어느 날, 안젤름은 그녀에게 자신의 마음을 고백했다.

"사랑하는 아이리스, 때로는 세상이 너무 지루하다는 생각이 들지 않소? 꽃과 음악으로 가득 찬 세상이 전부라면 나는 평생 당신 곁에서 당신을 바라보며 당신이 들려주는 이야기에 귀를 기울이며 살 수도 있을

텐데……. 하지만 아이리스, 난 당신 이름을 부를 때마다 가슴이 설렌다오. 정말 놀라운 이름이지. 그게 무엇을 나타내는지는 알 수 없지만."

그녀가 담담하게 말했다.

"푸른 붓꽃을 다들 그렇게 부르잖아요."

안젤름은 답답한 표정을 지으며 대꾸했다.

"그건 나도 알고 있소. 아름다운 꽃에 어울리는 이름이라는 것도. 하지만 내가 당신의 이름을 부를 때마다 늘 떠오르는 것이 있소. 분명하진 않지만 왠지 아주 어릴 적 내 소중한 기억의 한 자락 같다는 생각이 든다오."

아이리스는 그를 보고 조용히 미소를 지었다. 뭔가 생각날 듯 말 듯한 표정으로 이마를 문지르고 서 있는 그는 마치 어린애 같았다.

아이리스는 종달새처럼 명랑한 목소리로 안젤름에게 말했다.

"전 항상 그런걸요. 꽃향기를 맡을 때마다 오래전 잃어버린

소중한 추억이 떠오르죠. 음악이나 시도 마찬가지예요. 고향의 정겨운 골짜기들이 눈앞을 가득 채우며 펼쳐지다가 이내 사라지곤 해요. 사랑하는 안젤름. 어쩌면 우리가 사는 이유가 거기 있지 않을까요? 그 의미를 발견하고 가슴에 새기고 귀 기울여 듣기 위해서요. 그 안에는 분명히 우리의 진정한 고향이 있을 거예요."

안젤름은 그녀의 말에 고개를 끄덕였다.

"당신 말을 듣고 보니 세상은 정말 아름다운 것으로 가득 찬 것 같소."

하지만 안젤름은 자신의 마음이 나침반 바늘처럼 이미 자신이 세상에서 얻고자 한 것을 향해 기울어 있다는 것을 알아차렸다. 그러자 가슴 한구석이 무너지는 것처럼 고통스러웠다. 그것은 결코 그가 꿈꾸어 왔던 삶이 아니었다. 도대체 언제까지 동화 속 세상과 같은 꿈속을 거닐며 시간을 헛되이 보내야 하는가 하는 생각이 그의 울적한 마음을 뒤흔들었다.

어느 날, 긴 여행에서 돌아온 안젤름은 문득 집 안에

가득 배어 있는 쓸쓸함이 못 견디게 싫었다. 그는 아이리스에게 청혼하리라 마음먹고 그녀에게 달려갔다.

"아이리스, 난 이렇게 사는 것에 지쳤소. 이제 당신에게 모든 걸 털어놓겠소. 나는 아내가 필요하오. 이런 생활은 그저 공허할 뿐 삶의 어떤 의미도 발견할 수 없소. 내 아내가 되어 줄 사람이 아이리스 당신 말고 누가 있겠소? 제발 나의 마음을 받아 주오. 당신에게 세상에서 가장 아름다운 꽃들로 가득 찬 정원을 갖게 해 주겠소."

아이리스는 안젤름의 눈을 물끄러미 들여다보았다. 그녀의 얼굴은 창백했다.

"안젤름, 당신의 청혼에 감사해요. 당신의 아내가 된다는 생각은 해 본 적이 없지만 난 당신을 사랑해요. 하지만 저를 아내로 맞으려면 당신은 많은 것을 감수해야 할 거예요. 내가 원하는 것은 보통의 여자들이 생각하고 바라는 것과 달라요. 당신은 제게 아름다운 정원을 선물해 주겠다고 했지요.
하지만 전 꽃과 음악 없이도

살 수 있어요. 필요하다면 그보다 더한 것들도 다 포기할 수 있어요. 그러나 단 한 가지만은 절대 버릴 수 없어요. 그러고 싶지도 않고요. 단 하루를 살더라도 제 마음 깊은 곳의 울림을 놓치지 않을 거예요. 내 남편이 될 사람은 나와 똑같이 영혼의 울림에 귀를 기울일 줄 알아야 해요. 세상의 어떤 속된 것에 물들지 않는 순수하고 고결한 마음을 담고 있어야 한다고요. 오로지 그 의미만을 좇는 삶을 시작해야 하죠. 당신이 그렇게 할 수 있겠어요? 당신은 어쩌면 그동안 쌓아 온 명성도 내려놓아야 할 거예요. 그렇게만 되면 당신의 마음은 평온해지고 욕망의 고뇌에서 벗어날 수 있어요. 아, 안젤름. 그건 어려운 일이겠죠? 당신은 늘 학문이나 학교 일에 매달려 걱정하고 불안한 시간들을 보냈어요. 저를 사랑하는 당신의 마음은 알지만, 과연 제 안의 생각들을 당신이 기꺼이 받아들일 수 있을까요? 어쩌면 당신은 한낱 고상한 취미 정도로 여기겠죠. 그런데, 안젤름. 그것이 바로 제 삶의 전부랍니다. 당신도 그 길을 따라야 해요. 제 눈에는 당신을 괴롭히던 모든 걱정과 열정과 욕망이 부질없어 보여요. 오로지 그것에 매달려 허둥대는 사람들의 모습이 제게는 무의미하게 느껴질 뿐이죠. 저는 달라지지 않아요. 제 안에는 이미 하나의 규율이 자리 잡고 있으니까요. 안젤름, 당신은 어때요? 저를 아내로 맞고 싶다면 당신이 지금과는 다른 사람이 되어야 해요."

안젤름은 충격을 받아 그만 입을 다물었다. 아이리스의 태도는 확고했다. 그저 대수롭지 않게 여겼던 자신이 크게 착각한 것이다. 그는 안절부절못하며 방 안을 서성거렸다. 그러고는 무심코 탁자에서 꽃 한 송이를 집어 들었다.

아이리스가 안젤름의 손에서 꽃을 빼앗았을 때 그는 자신이 손으로 꽃을 짓뭉개고 있다는 것을 알고 움찔 놀랐다. 그녀의 얼굴에는 뜻밖에도 밝고 사랑스러운 미소가 깃들어 있었다.

"저한테 좋은 생각이 있어요."

아이리스가 조심스럽게

입을 열며 얼굴을 붉혔다.

"제 이야기를 들으면 당신의 마음도 편해질 거예요. 이상하게 들릴지는 모르지만 결코 변덕을 부리는 게 아니랍니다. 우리 사이를 결정지을 마지막 기회가 될 거예요."

안젤름은 그녀가 무슨 말을 하려는 것인지 얼른 알아듣지 못했다. 그는 불안하게 흔들리는 눈빛으로 아이리스를 바라보았다. 그녀는 제발 믿고 들어 보라는 눈짓을 보냈다.

"제가 숙제를 하나 드릴게요."

아이리스는 다시 진지한 표정으로 그를 바라보았다.

"당신의 생각이 정 그렇다면 얘기해 보시오."

안젤름도 순순히 그녀의 뜻에 따랐다.

"지금 저는 최선을 다해 우리 문제를 생각하고 있어요. 그리고 진심으로 얘기하는 것이고요. 당신이 제가 하는 말을 쉽게 이해하지 못한다 하더라도 비웃지 말았으면 해요."

안젤름은 약속했다. 아이리스는 그의 손을 잡으며

다정하게 말했다.

"당신은 제 이름을 부를 때마다 뭔가 소중한 것이 떠오른다는 이야기를 했어요. 오래도록 잊고 있었던 신성한 기억의 한 자락 같은 거라고 말했지요. 안젤름 그게 바로 신호가 아닐까요? 바로 그것이 당신을 제게 이끌어 온 거라는 생각이 들지 않나요? 저는 당신이 한 말을 믿어요. 당신의 영혼은 뭔가 중요하고 신성한 것을 잃어버렸어요. 당신은 그것을 찾아내야 해요. 그렇게 하지 않으면 당신은 어떤 행복에도 이를 수가 없어요. 제게 약속해 주세요. 제 이름 속에서 떠오른 것들을 당신의 기억 속에서 꼭 찾아내겠다고 말이에요. 당신이 그것을 찾아내는 날 저는 당신의 아내가 될게요. 세상 어디에 있든지 당신과 함께할게요. 그리고 당신이 바라는 것 외에는 아무것도 바라지 않겠어요."

안젤름은 아이리스가 터무니없는 이야기로 자신을 떨쳐 내려고 한다는 생각이 들었다. 하지만 그녀의 진지한 눈빛을 보고는 그만 입을 다물 수 밖에 없었다. 그는 그녀의 손에 입을 맞춘 뒤 그 집을 나섰다.

평생을 살면서 이렇게 어려운 숙제를 떠맡은 건 처음이었다. 차라리 학문을 위한 것이라면 며칠 밤을 새워서라도 답을 알아낼 수 있었다. 어쩌면 전혀 다른 세상의 이야기일지도 모른다는 생각에 그는 절망하여 머리를 쥐어뜯었다. 한편으로는 분노가 치밀며 이런 식으로 자기를 내친 그녀가 매정하게 느껴졌다.

안젤름은 잠도 자지 않고 먹지도 않은 채 생각에 골몰했다. 너무 힘들어 모두 내던져 버릴 생각도 했다. 그러나 언제부터인지 그의 마음 깊은 곳에서 아주 작고 은밀한 소리가 들렸다. 그것은 부드러운 목소리로 그에게 경고했다. 아이리스의 말이 옳으며, 그녀의 뜻을 쫓아가라고.

지식이 뛰어난 그도 이 숙제를 풀기는 어려웠다. 오래전에 잊었던 기억, 정확히 그것이 뭔지도 모른 채 온 머리를 헤집고 기억의 끈을 찾아내야만 했다. 그것을 찾아내어 그녀에게 바쳐야만 그의 영혼은 비로소 자유로워질 수 있을 것이다. 그것은 눈앞에서 사라진 새소리라든가 음악을 들을 때 막연히 가슴에 벅차오르는 생각 같은, 형체가 없는 순간적인 느낌에 지나지 않았다. 꿈속의 일처럼 부질없고, 아침 안개처럼 막연했다.

밤을 꼬박 지새우다 동이 터오를 무렵, 안젤름은 지쳐 쓰러진 그의 몸 위로 문득 오래된 옛 정원에서 날아온 숨결이 그를 어루만지는 것을 느꼈다. 그는 자기도 모르게 아이리스의 이름을 나지막이 불렀다. 마치 하나의 주문을 외듯이, 기억의 문이 열리기를 기도하면서 안젤름은 아이리스의 이름을 간절하게 불렀다. 순간 아무도 없이 오랫동안 버려져 있던 집의 대문이 삐걱 소리를 내며 열리고, 그 안에서 그네가 흔들리는 듯한 소리가 났다. 안젤름은 날카로운 것에 찔린 것처럼 고통을 느끼며 희미하게 옛일을 떠올렸다. 기억의 보물은 생각했던 것보다 훨씬 보잘것없었다. 그가 살아온 나날은 아무것도 쓰여 있지 않은 종이처럼 무의미했고, 텅 비어 있었다.

어머니의 얼굴도 또렷이 기억나지 않았다. 학교 다닐 적에 거의 1년 동안을 쫓아다니던 여자아이의 이름조차 가물가물했다. 한때 충동에 사로잡혀 개를 키웠던 기억이 났다. 그 개의 이름을 떠올리는 데도 무척 애를 먹었다.

옛 기억을 떠올리게 되면서 안젤름은 점점 슬픔과 고뇌에 휩싸였고, 자신의 삶이 얼마나 헛되고 하찮은 것인지 알게 되었다. 밤새 외우고 공부했던 것들이 헛수고가 되어 버린 기분이었다. 아이리스가 말했던 그 신성한 존재는 대체 어느 기억의 방에 숨어 있단 말인가? 그는 아무 쓸모도 없는 기억의 조각들을 붙잡고 안간힘을 쓰고 있을 뿐이었다.

안젤름은 자신이 걸어온 길을 글로 남겨야겠다고 생각했다. 그에게 일어났던 중요한 일들을 하나하나 되짚어 보며 기록해 둔다면 나중에라도 이런 고통은 받지 않을 것 같았다. 그런데 막상 자신의 삶에서 정말 중요한 일들이 무엇인가 하는 생각이 들었다. 고향 마을에서 처음으로 대학생이 되어 사람들의 부러움을 샀던 일이 그렇게 중요한가? 교수가 되고 박사 학위를 따낸 것이 그의 삶에 중요한 것이었을까? 아니면 어릴 적 누군가를 좋아해서 혼자 가슴앓이를 했던 슬픈 추억들이 그의 인생에 의미를 부여할 수 있는 것인가?

그는 소스라치게 놀라 펜을 집어던졌다. 이런 게 삶이고 그가 꿈꾸어 온 세상의 전부란 말인가? 방 안 가득 그의 허탈한 웃음소리가 울려 퍼졌다.

시간은 계속 흘렀다. 하지만 그에게는 1년 전 아이리스를 떠난 그때 그 상태로 머물러 있는 것 같았다. 그동안 안젤름의 모습은 많이 변했다. 세월의 흐름은 아무도 막을 수 없는 것이니까. 겉모습은 늙었지만 눈빛은 오히려 더 맑아 보였다. 안젤름은 친구도 만나지 않았다. 깊은 생각에 잠겨 알아들을 수 없는 말을 중얼거리는 그를 볼 때면 낯설고 기이한 느낌이 들었다. 사람들은 그가 결혼도 하지 않고 혼자 오랫동안 살아 괴팍해졌다고 수군댔다.

그는 이따금 강의에 쓸 책을 빼놓고 가져오지 않기도 했다. 생각에 빠져 종종 집 앞을 지나친 적도 있었다. 구깃구깃한 옷을 그대로 입고 다녔고, 어쩔 때는 옷자락으로 창틀의 먼지를 아무렇지도 않게 문질러 닦기도 했다.

한번은 강의를 하다가 갑자기 말을 멈추더니 어린애와 같은 천진한 미소를 지었다. 그러고는 한참 뒤 다시 조용한 목소리로 이야기를 시작했다. 그의 모습을 본 학생들은 묘한 감동을 받았다.

먼 옛날의 향기와 흩어진 기억의 파편들이 그의 안에 모여 어렴풋이 하나의 의미를 지니게 되었다. 하지만 정작 그 자신은 그 같은 변화를 알지 못했다. 시간이 흐를수록 세월의 더께를 걷어 내고 숨어 있던 기억의 모습이 보다 또렷해졌다. 마치 오래된 벽화의 색들이 날아가 버려 그 뒤에 감추어져 있던 그림들이 선연히 모습을 드러내는 것처럼. 기억의 뒤에는 다른 기억이 그렇게 숨어 있었다.

안젤름은 늘 뭔가를 기억하는 일에 집착했다. 여행 중에 머물렀던 도시의 이름이나, 생일날 선물 받았던 책 표지 색깔 등 아주 사소한 것도 놓치지 않고 파고들었다.

그러던 어느 날, 아주 다른 기억이 떠올랐다. 봄의 산들바람처럼, 또는 가을 안개처럼 따스하고 아련한 숨결이 그를 덮쳤다. 그는 그 속에서 향기를 맡았고, 소리를 들었으며, 보드라운 것이 손에 만져지는 것을 느꼈다. 이윽고 그의 머릿속이 환해졌다.

기억은 그를 어린 시절로 데려갔다. 맑고 온화하면서도 바람 끝이 제법 맵차던 아득히 먼 어느 날이었다.

그의 안에 갇혀 암울하게 도사리고 있던 그날이 한순간 되살아났다. 그런데 분명한 향기와 감촉을 느꼈던 그 이른 봄날은 과거의 기억 속에 존재하지 않았다. 그것은 어떤 표시도 없이 희미했다. 그때 그는 학생이었거나

아직 요람에 있던 때일 수도 있었다. 그러나 향기는 남아 있었다. 안젤름은 아무런 표시도 없고, 확인할 수도 없는 뭔가가 자기 안에 살아 있음을 느꼈다. 그는 이 추억의 향기가 그토록 찾아 헤매던 아득한 옛날의 기억 속으로 자신을 데려다 줄 수 있을 거라고 믿었다.

안젤름은 심연과도 같은 기억의 늪을 방황하면서 많은 것을 찾아냈다. 그를 감동시키거나 충격에 몰아넣었던 일들, 걱정과 불안의 밤을 보내게 했던 수많은 기억들이 하나하나 떠올랐다. 그렇지만 아이리스가 지닌 의미에 대해서는 알지 못했다.

그는 심한 절망감에 휩싸여 다시 한 번 옛 고향을 떠올렸다. 전나무 숲과 개울, 작은 돌다리와 울타리들이 보였고, 이윽고 어린 시절의 정원에 들어섰다. 순간 거센 파도가 그의 가슴을 쳤다. 지난 기억들이 꿈처럼 그를 에워쌌다. 그는 말할 수 없는 슬픔에 잠겨 그곳을 빠져나왔다.

그는 병을 핑계로 학교에도 나가지 않았다. 어느 날

친구가 찾아왔다. 아이리스에게 청혼을 한 뒤로 만나지 못했던 아이리스의 오빠였다. 그는 지친 모습으로 우두커니 앉아 있는 안젤름을 위로하듯 말했다.

"어서 일어나게. 나와 함께 갈 데가 있네. 아이리스가 자넬 보고 싶어 해."

안젤름은 놀라서 벌떡 일어났다.

"그녀에게 무슨 일이 있나? 뭔가 나쁜 일이 생긴 게 틀림없지? 그렇지?"

"자네 말이 맞아. 그 애는 죽어 가고 있네. 오랫동안 앓았다네."

안젤름은 한달음에 아이리스에게 달려갔다. 그녀는 침대에 누운 채 안젤름을 보고 환한 미소를 지었다. 그리고 그에게 작고 가녀린 손을 내밀었다. 그녀의 손은 마치 꽃송이 같았고 얼굴은 성스러워 보였다.

"당신, 저한테 화난 거 아니죠? 제가 너무 어려운 숙제를 주었다는 거 알아요. 당신이 그 숙제를 풀기 위해 온 힘을 기울이고 있다는 것도 요. 안젤름, 포기하지 말고 계속하세요. 언젠간 반드시 찾아내게 될 거예요. 그건 당신을 위한 일이에요."

"나도 알고 있소, 아이리스. 하지만 너무 먼 길이오. 돌아오고 싶어도 오는 길을 찾을 수가 없었소. 나도 내가 어떻게 될지 모르겠소."

아이리스는 안젤름의 슬픈 눈을 들여다보며 억지로 미소를 지어 보였다. 그는 그녀의 손을 붙들고 눈물을 흘렸다. 그녀의 손이 눈물로 젖었다.

"당신이 어떻게 될지 겁내지 마세요."

그녀는 꺼져가는 목소리로 말했다.

"당신은 사는 동안 많은 것을 원했어요. 학식과 명예와 행복을 얻고자 했죠. 그리고 저를 찾았어요. 당신의 작은 아이리스를요. 이것들은 모두 덧없는 환상일 뿐이에요. 제가 당신 곁을 떠나듯 당신을 떠나갈 것들이죠. 저 또한 아름답고 사랑스러운 환상에 빠져 살았어요. 시간이 지나면서 모두 시들어 자취를 감추고 말았지요. 이제 저에게는 아무것도 남아 있지 않아요. 전 이제 먼 길을 떠나요. 걱정은 하지 마세요. 단지 고

향으로 돌아가는 거랍니다. 그곳에서 당신을 기다리고
있을게요. 안젤름, 당신도 거기서 편히 쉴 수 있을 거
예요."

아이리스의 얼굴에서 핏기가 사라졌다. 안젤름은 그
녀의 손을 꼭 쥐며 부르짖었다.

"아이리스, 안 돼! 가지 마요! 제발 내 곁에 영원히
있겠다고 말해 줘요!"

아이리스는 머리맡에 놓인 유리병으로
손을 뻗었다. 그리고 갓 피어난 푸른 붓꽃
한 송이를 집어 안젤름에게 건넸다.

"당신의 아이리스예요. 안젤름, 저를 기억해 주세요.
이 아이리스가 당신을 저에게 데려다 줄 거예요."

안젤름은 꽃을 받아들고 눈물을 흘렸다. 그녀는 곧
숨을 거두었다. 비록 몸은 떠났지만 그녀의 영혼은 그
의 곁에서 푸른 붓꽃처럼 싱싱하게 향기를 내뿜었다.
그는 친구를 도와 아이리스를 땅에 묻고 무덤에 꽃을
바쳤다.

그의 삶은 완전히 허물어

졌다. 아이리스가 없는 세상은 더 이상 아무런 의미가 없었다. 그는 모든 것을 내려놓고 도시를 떠나 발길 닿는 대로 흘러 다녔다.

그는 붓꽃을 변함없이 사랑했다. 길을 가다 붓꽃이 피어 있는 것을 보면 걸음을 멈추고 꽃을 들여다보곤 했다. 단단한 꽃받침 위로 펼쳐진 푸른 꽃잎은 그에게 뭔가를 전하려는 듯 보였다. 알 수 없는 강한 힘이 그를 붙들고 나직한 소리로 그에게 소곤거렸다. 하지만 그는 끝내 꽃의 이야기를 알아듣지 못했다. 꽃의 심장으로 향하는 길은 그에게 쉽게 문을 열지 않았다. 반쯤 열린 문 뒤에서 그는 그 신성한 비밀에 귀를 기울이려고 애를 썼다. 그러나 이내 문이 닫히고 그는 다시 혼자 남겨졌다.

어떤 날은 꿈에 어머니를 만나기도 했다. 많은 세월이 흘렀지만 어머니의 다정한 미소는 마치 살아 있는 것처럼 선명했다.

어떤 날은 꿈속에 찾아온 아이리스가 그에게 말을 걸기도 했다. 잠에서 깨고 나면 그녀가 들려준 이야기들이 온종일 그의 귓전을 맴돌았다. 그는 한곳에 머무르지 않고 여기저기 떠돌아다녔다.

밤이 되면 농가의 헛간에서 하룻밤 신세를 지기도 하고 때로는 풀밭에 누워 그냥 잤다. 마른 빵 조각으로 배를 채울 때도 있었고, 산딸기를 따 먹기도 했다. 어쩌다 인심 좋은 농부를 만나면 음식과 포도주를 얻어먹기도 했다. 그러나 그는 샘물로 목을 축이는 것만으로도 충분했다.

머리카락이 길게 자라서 눈을 덮었고 옷이 누더기가 되었다. 안젤름은 그런 것에 신경 쓰지 않았다. 사람들은 그가 미쳤다고 생각했다. 또 어떤 이들은 그가 마술사가 아닐까 생각하기도 했다. 어떤 사람들은 그를 비웃거나 두려워했으며 어떤 사람들은 그의 자유로움을 부러워했다.

그는 새로운 것들을 배웠다. 아이들과 어울리며 함께 놀이를 하기도 하고, 부러진 나뭇가지와 돌멩이와 이야기를 나누었다.

여름이 지나고 겨울이 왔고,

호수의 얼음이 녹으면 서 다시 꽃들이 피어났다. 그는 혼자 중얼거리는 것이 버릇이 되었다.

"그래, 모든 것은 환상에 지나지 않아."

언제부턴가 안젤름의 내면에는 누군가 들어앉아 있는 것 같았다. 이따금 다정한 목소리가 그에게 말을 걸었다. 아이리스 같기도 하고 어머니 같기도 했다. 그 목소리는 안젤름에게 희망을 주고 위안이 되었다.

한번은 기적 같은 일을 만났다. 수염 끝에 고드름이 얼 정도로 추운 날씨였다. 눈 덮인 숲을 걷고 있었는데, 눈 속에서 붓꽃 한 송이를 보았다. 가녀린 꽃대 위에 매달린 푸른 꽃잎이 흰 눈밭에서 더욱 선명해 보였다. 이상하다는 생각이 들기보다는 그저 반가웠다. 그는 꽃을 들여다보며 미소를 지었다. 아이리스가 했던 말의 의미가 무엇인지 알 것 같았다. 비로소 어린 시절의 꿈이 생각났다. 노란 꽃술 사이로 은밀한 꿈을 간직한 꽃의 심장으로 통하는 길이 보였다. 그는 그것이 환상이 아닌 실체라는 것을 깨달았다.

그는 꿈에서 본 길을 따라 한 오두막집으로 들어갔다. 오두막에는 아이들이 살고 있었다. 안젤름은 아이들에게 먹을 것을 나누어 주고 어울려 놀았다.

　　아이들은 숲 속에 사는 숯 굽는 사람에게 일어난 기적에 대해 들려주었다. 그는 천 년에 한 번 열리는 영혼의 문이 열리는 모습을 보았다고 했다. 안젤름은 잠자코 아이들의 이야기를 들으며 고개를 끄덕였다.

　　오두막을 나온 안젤름은 계속 걸어갔다. 새 한 마리가 나뭇가지에 앉아 그에게 노래를 불러 주었다. 이제껏 들어 본 적이 없는 달콤하고 신비한 소리였다. 어쩌면 아이리스의 목소리를 닮은 듯도 했다. 그는 새를 따라갔다. 새는 나뭇가지를 날아 개울을 건너 숲 속 깊은 곳으로 들어갔다.

　　안젤름은 어느덧 숲 속의 깊은 계곡에 서 있었다. 사방이 조용했고, 어디선가 졸졸 개울물 흐르는 소리가 들렸다. 새의 모습은 보이지 않았지만 그는 뭔가 알 수 없

는 힘에 이끌려 앞으로 나아갔다. 한참 가
니 눈앞에 커다란 바위가 나타났다. 이끼 낀 바
위틈에 작은 길이 나 있었다. 그것은 멀고 아득한 산의
심장으로 이어지는 것 같았다.

한 노인이 바위 앞에 앉아 있었다. 안젤름이 다가가
자 노인이 벌떡 일어나며 소리쳤다.

"당장 돌아가게! 이건 영혼의 문이야. 한 번 들어가
면 영원히 나올 수 없는 곳이라고!"

안젤름은 안을 들여다보았다. 푸른 숲이 사라진 길
양쪽으로 노란 꽃술 같은 황금 기둥들이 늘어서 있었
다. 그것은 마치 꽃받침을 따라 꽃의 심장으로 들어가
는 길처럼 보였다.

안젤름의 마음속에서 다시 아이리스가 새의 목소리
로 노래했다. 안젤름은 노인을 밀치고 안으로 들어섰
다. 그리고 황금 기둥들을 지나 꽃의 심장을 향해 나아
갔다. 아이리스가 그를 이끌었다. 어머니의 정원에 피
어나던 붓꽃의 푸른 꽃받침을 타고 그는 그렇게 걸어
갔다. 멀리서 환한 햇살이 퍼지듯 빛이 비추었다.

순간 잊고 있었던 모든 기억들이 일제히 떠올랐다. 손에 뭔가 작고 보드라운 것이 만져졌다. 귀에는 꿈결처럼 감미로운 목소리가 울려 퍼졌다. 어린 시절 봄날에 그의 가슴을 뛰게 하고 어루만져 주던 무언가처럼 안젤름은 눈부신 빛 속에서 천상의 소리 같은 아름다운 음악에 귀를 기울였다.

안젤름은 드디어 어릴 적 꽃받침을 타고 꽃의 심장으로 가 보고 싶었던 꿈을 이루었다. 그가 보았던 삶의 환상들은 꽃의 비밀 속으로 영원히 가라앉았다.

안젤름은 나직하게 노래를 부르기 시작했다. 고향으로 가는 길은 더없이 아늑하고 포근했다.(1918년)

# 유럽인

　세계 대전이 끝날 기미가 보이지 않자 신은 마침내 큰 홍수를 일으켜 세상을 멸망시키기로 마음먹었다. 거센 물줄기가 죄악에 물든 지구의 모든 것들을 말끔히 쓸어 갔다. 피로 얼룩진 눈밭과 산 중턱 곳곳에 설치된 대포들이 흔적도 없이 사라졌다. 벌판에 널린 썩은 시체들과 그 곁에서 죽음을 애도하던 이들도 몽땅 물살에 실려 가 버렸다. 전쟁의 광기에 눈이 뒤집힌 사람들, 그 틈에서 자기 이익을 챙기려는 이도 더는 욕망의 투쟁을 계속할 수가 없었다. 물은 연민의 손길을 내밀어 굶주리고 병들고 미쳐 버린 이들을 영원한 잠 속으로 이끌었다. 하늘은 지구 대륙이 물에 잠기는 모습을 묵묵히 내려다보고 있었다.

　유럽인들은 이 대재앙에서 살아남기 위해 그들이 가진 기술을 동원하며 온 힘을 쏟았다. 들판과 마을을 가로질러 거센 물살이 밀려드는데도 이들은 침착하게 행동했다. 수백만이 넘는 전쟁 포로들이 며칠 밤을 새워 높은 제방을 쌓아 올렸고, 이어서 눈 깜짝할 새에 또 다른 인공 구조물이 만들어졌다. 하늘을 찌를 듯이 솟아오른 탑은 마치 거대한 산 같았다. 재앙에 맞선 인간의 영웅적인 행동은 실로 감동적이었다. 온 세계가 물살에 쓸려 깊은 침묵에 잠겼을 때에도 유럽인들이 쌓아 올린 탑은 최후까지 버텼다. 황혼이 깃들자 철탑의 탐조등이 어두컴컴한 물바다를 이리저리 비추었다. 어둠 속에서 포성이 울렸다. 대포에서 쏘아올린 포탄이 포물선을 그리며 하늘을 날았다.

사실 이틀 전, 유럽 제국의 지도자는 적들에게 평화협상을 제의했다. 하지만 적들이 철탑을 먼저 제거할 것을 강력히 주장하는 바람에 협상이 이루어지지 못했다. 결국 최후의 순간을 맞을 때까지

이들은 서로 대포를 쏘아 대며 격전을 벌일 수밖에 없었다.

이제 온 지구가 물에 잠겼다. 유럽인 한 명이 운 좋게 살아남아 작은 뗏목 위에 몸을 싣고 물 위를 떠다녔다. 그는 혼신의 힘을 다해 지구 최후의 날을 기록했다. 그의 조국은 적이 몰락한 뒤에 적어도 몇 시간은 더 버텼기 때문에 영원한 승리자가 되었다. 그는 무슨 일이 있어도 이 승리의 순간을 후세에 전하고 싶었다. 조각난 뗏목에 의지하며 험한 바다를 떠돌던 그는 점점 기운이 빠졌다.

바로 그때 검푸른 수평선에 검은 배 한 척이 나타났다. 어마어마하게 큰 배였다. 배는 외롭게 표류하는 이 남자를 향해 천천히 다가왔다. 갑판 위에는 배의 주인으로 보이는 노인이 하얀 수염을 휘날리며 서 있었다. 유럽인은 그대로 정신을 잃었다. 건장한 몸집의 흑인이 그를 배 위로 건져 올렸다. 그가 정신을 차려 보니 눈앞에 노인이 다정한 미소를 짓고 있었다. 그는 살아 있다는 것보다도 자신의 임무가 성공했음을 알고 기뻤다.

거대한 방주 안에는 지구상의 모든 생명체가 한 쌍씩 타고 있었다. 방주는 대지에 물이 빠지기를 기다리며 거친 물 위를 둥둥 떠다녔다. 물고기 떼들이 배를 따라 왔고, 온갖 새와 곤충들이 방주로 날아들었다. 대홍수에서도 인간과 짐승은 그렇게 살아남았다. 이들은 새로운 세상에 대한 기대로 마음이 부풀었다. 공작새는 꽁지깃을 펼쳐 변함없이 화려함을 뽐냈고, 코끼리 한 쌍은 기다란 코로 물을 뿜어 올려 몸을 씻었다. 도마뱀은 허물을 벗고 햇볕을 쬐며 연한 피부가 단단해지기를 기다렸다.

인디언은 창을 던져 싱싱한 물고기들을 잡아 올렸다. 흑인은 마른 나무를 문질러 불을 피우기에 바빴다. 그는 흥에 겨워 빠른 박자에 맞추어 몸을 흔들어 댔다. 한쪽에서는 인도인이 다리를 꼬고 앉아 명상에 잠긴 채 이따금 나직한 목소리로 뭐라고 중얼거리기도 했다. 에스키모인은 따가운 햇볕에 온몸이 땀으로 젖었지만 행복해 보였다. 성질이 순한 원숭이 한 마리가 그의 목덜미에 대고 킁킁거리며 소금 냄새를 맡았다. 일본인은 작은 우산을 만들어 코에 올려놓고 균형을 잡느라 애쓰고 있었다. 유럽인은 대재앙에서 살아남은 동식물의 목록을 만드느라 바빴다.

시간이 흐르자 서로 비슷한 사람끼리 어울리며 친해졌다. 때때로 다툼이 벌어지기도 했지만, 노인의 눈짓 하나에 소동이 가라앉곤 했다. 대부분의 사람이 즐겁게 한데 어울렸다. 단지 유럽인만 조용한 구석에 앉아 늘 뭔가를 적고 있었다.

세계 여러 나라에 살던 사람과 동물들이 모여서인지 각기 지니고 있는 재주가 다양했다. 그래서 각자의 숨은 능력과 재주를 선보이는 대회가 열렸다. 서로 먼저 하겠다고 나서는 바람에 노인이 나서서 문제를 해결했다. 우선 동물들을 몸집의 크기로 분류해 둘로 나누었고, 인간은 하나로 묶은 다음 순서를 정했다. 자기 차례가 되면 사람이든 동물이든 서슴없이 나와서 재주를 뽐냈다.

대회는 며칠 동안 계속되었다. 사람이고 동물이고 할 것 없이 살면서 익혀 온 재주는 한두 가지가 아니었다. 보여 줄 것이 아직 남아 있어도 다음 차례를 위해 양보해야만 했다.

멋진 재주를 선보일 때마다 박수갈채가 터졌다. 지구상의 모든 창조물이 한군데 모였으니 그럴 만도 했다. 그들은 놀랍고 경이로운 재능을 갖고 있었고 관중들에게 끝없는 즐거움을 선사했다. 사람과 동물이 한데 어울려 손뼉을 치고 발을 구르며 소리를 질렀다.

족제비는 어느 동물도 흉내 낼 수가 없는 날랜 동작을 선보였다. 종달새는 맑고 고운 소리로 노래했다. 칠면조의 늘어진 목이 색색으로 변하는 걸 보며 모두들 신기해했다. 다람쥐는 순식간에 돛대 위로 기어올라 감탄을 자아냈다. 원숭이는 사람을 똑같이 흉내냈다. 저마다 훌륭한 솜씨였고, 나름대로의 가치를 지니고 있었다. 어떤 동물은 마술을 선보였는데, 눈 깜짝할 사이에 모습을 감추어 모두를 놀라게 했다. 힘이 센 것이 있으면 지략이 뛰어난 것이 있고, 둘 다 없어도 각자 살아남을 방법을 익히고 있다는 것이 신기했다.

힘이 약한 곤충들은 풀이나 나뭇가지, 바위처럼 보이게 몸빛과 모습을 바꾸는 재주가 남달랐다. 스컹크는 고약한 냄새를 피워 위기를 모면하는 재주가 있었다. 다들 코를 싸쥐고 달아나면서도 웃음을 참지 못했다. 새들이 저마다 자기에게 맞게 둥지를 트는 솜씨도 칭찬을 받았다. 높은 곳에서도 먹이를 찾아내는 독수리의 놀라운 시력은 특히 큰 부러움을 샀다.

인간들이 가진 재주도 더할 나위 없이 훌륭했다. 흑인은 몸을 날려 코끼리의 등을 가뿐하게 뛰어넘었다. 말레이인은 앉은자리에서 뚝딱 나뭇가지를 엮어 뗏목을 만들었다. 방향과 속도도 마음대로 조종할 수 있는 것이어서 모두들 감탄해 마지않았다. 인디언은 활 솜씨가 그만이었고, 그의 아내는 야자나무 껍질로 튼튼한 돗자리를 짜 냈다. 피리를 불어 뱀을 춤추게 한 인도인도 박수갈채를 받았다. 중국인은 농사짓는 솜씨가 대단했다. 싹을 틔운 모를 가져다 직접 심어 보였는데, 어찌나 빠른지 손이 안 보일 정도였다.

그런데 유럽인만이 냉랭한 태도로 이들을 비웃고 헐뜯는 바람에 사람들의 눈총을 받았다. 인디언이 날아가는 새를 활로 쏘아 떨어뜨리는 것을 보고도 그는 코웃음을 쳤다. 총만 있으면 그보다 훨씬 높이 있는 것도 쏘아 맞힐 수 있다는 것이었다. 그러자 누군가 나서서 그렇게 좋은 재주가 있으면 직접 시범을 보이라고 했다. 그러나 유럽인은 실제로 아무것도 선보이지 않으면서 말만 앞세웠다.

그는 또 부지런하고 억척스런 중국인이 불쌍하다고 말했다. 노예처럼 죽어라고 일하는 삶이 어떻게 행복할 수 있느냐고 따지고 들었다. 중국인은 땀 흘려 일해서 먹을 것을 얻고, 하늘의 뜻을 거스르지 않고 살면 족하다고 말해 사람들의 박수를 받았다. 유럽인은 여전히 못마땅한 표정으로 혼자서 투덜거렸다.

몇 날 며칠 동안 대회의 열기가 식을 줄 모르고 이어졌다. 신의 창조물인 짐승과 인간이 이토록 다양하고 기발한 재주를 지녔다는 것이 놀라울 뿐이었다. 대회를 통해 모두들 깊은 감명을 받았다. 방주의 주인인 노인도 흐뭇한 미소를 지으며 대회를 지켜보았다.

이제 얼마 안 있으면 물이 빠지고 지상에서의 새로운 삶이 시작될 것이다. 신은 새로 태어나는 지구를 위해 모든 것을 마련해 두었고, 저마다 행복을 이루며 살아갈 수 있는 길을 열어 주었다.

대회가 끝날 때까지 아무런 재주를 보여 주지 못한 이는 유럽인뿐이었다.

사람들은 그에게 뭔가 재주를 보이라고 입을 모아 말했다. 그에게도 과연 이 배에 타고 있을 자격이 있는지, 신의 창조물로서 그 숨결을 누릴 수 있는지 증명해 보이라고 요구했다.

유럽인은 요리조리 핑계를 대며 빠져나가려고 했다. 그런데 방주의 주인인 노인까지 나서서 어서 사람들 말에 따르라고 재촉했다.

결국 유럽인이 입을 열었다.

"나도 어쨌든 신의 모습을 닮은 인간이오. 쓸모 있는 사람이 되기 위해 나름대로 공부도 많이 했소. 내가 가진 재주는 여러분이 갖고 있는 것보다 훨씬 고귀한 것이오. 바로 지성이라는 거요."

"말로만 하지 말고, 그게 뭔지 보여 줘 봐."

흑인이 옆에 있다가 소리쳤다.

"그건 눈으로 볼 수 있는 게 아니오. 모두들 나를 이해하지 못하고 있소. 당신들이 나와

다른 점이 바로 그 이해가 없다는 것이오."

그러자 흑인이 하얀 이를 드러내며 웃음을 터뜨렸고, 인도인은 소리 없이 입술을 비죽거렸다. 중국인의 순한 미소 속에서는 비웃음이 엿보였다.

중국인이 앞으로 나서며 차분한 목소리로 말했다.

"지금 이해라고 했나요? 그렇다면 그 이해라는 게 뭔지 보여 주시오. 어떻게 생겼는지 정말 궁금하구려."

유럽인은 중국인을 외면하며 퉁명스럽게 내뱉었다.

"그건 눈으로 볼 수 있는 게 아니오. 쉽게 설명하자면 내가 가진 재주란 이런 것이오. 나는 세상에서 일어나는 일들을 내 머릿속에 담아 두고, 나만을 위해 그것에 새로운 의미를 부여할 수 있소. 온 세상이 내 머릿속에 들어 있으며, 내 안에서 새롭게 태어날 수도 있다는 말이오."

방주의 주인이 이마를 찌푸리며 말했다.

"그런 게 다 무슨 소용인가? 애

초에 신이 만든 세상을 자네가 다시 만든다고? 그것도 자네 혼자만을 위해 그 작은 머릿속으로 생각을 한다니 대체 무엇에 쓰려고 그리 하는가?"

그러자 여기저기서 앞을 다투어 그에게 질문을 퍼부어 댔다.

유럽인이 손을 내저으며 그들의 말을 가로막았다.

"당신들은 아직도 이해를 못하고 있소. 내가 하는 일은 돗자리를 짜거나 뗏목을 엮는 것처럼 눈으로 보여 줄 수 있는 게 아니오."

이번에는 인도인이 미소를 지으며 말했다.

"이보시오, 얼굴 하얀 친구. 당신이 그 머릿속으로 한다는 일을 보여 줄 방법이 있소. 이를테면 계산 같은 것 말이오. 내가 문제를 낼 테니 한번 계산해 보시오. 한 부부가 아이 세명을 두었는데, 아이들이 자라서 각자 가정을 꾸렸소. 이 젊은 부부들이 해마다 아이를 한 명씩 낳는다고 했을 때, 그 합이 백이

되려면 모두 몇 년이 걸리겠소?"

인도인의 말에 사람들의 눈이 호기심으로 빛났다. 여기저기서 손가락셈을 하고, 웅얼거리며 수를 헤아리거나 고개를 갸웃거리는 이들도 있었다. 유럽인은 계산을 하기 시작했다. 그런데 한 발 앞서 계산을 마친 중국인이 답을 말해 버렸다.

유럽인은 자기가 졌음을 순순히 인정했다.

"하지만 내가 하는 일은 그런 단순한 계산이 아니오. 빠르게 셈을 하는 기술 따위와는 질적으로 다르지요. 인류의 행복이 달린 중요한 숙제를 푸는 일이라오."

유럽인의 말에 방주의 주인이 고개를 끄덕였다.

"맞는 얘기야. 암, 행복을 찾는 것은 기술을 익히는 것과는 차원이 다르고말고. 인류의 행복에 대해 자네가 이해한 것들을 얘기해 보게. 자네의 가르침에 모두 감사하게 될 걸세."

갑자기 주위가 조용해졌다. 모두들 유럽인이 입을 열기만 기다렸다. 이 중요한 순간 누구도 감히 기침 소리 하나 내지 않았다.

　인류의 행복이 어디 있는지 그 가르침을 전해 주는 이여, 그대는 누구보다 위대하다! 그를 비난하고 경멸했던 모든 말들을 주워 담을 수만 있다면 좋으련만.

　이제 우리 모두는 저 현인에게 용서를 빌어야 하리라. 그가 그런 지혜를 가졌다면 활쏘기나 배 만드는 일을 모른들 무슨 상관이며, 근면함과 셈을 빠르게 하는 기술이 다 무슨 소용이랴!

　그토록 자만하며 사람들을 깔보던 유럽인은 우러러보는 듯한 사람들의 시선에 순간 당황했다. 그는 얼굴색이 더욱 창백해져서 말을 더듬거렸다.

　"다, 당신들은 뭔가 오해하고 있소. 난 결코 행복의 비밀을 안다고 말한 적이 없소. 인류의 행복을 찾기 위해 끊임없이 생각하고 연구한다고 말했을 뿐. 세상 어느 누구도 그 숙제를 풀 사람은 없소. 인류가 있는 한 그것은 영원한 숙제로 남게 될 테니까."

사람들은 유럽인이 하는 말을
알아듣지 못했다. 인류의 행복에
대해 지금 그가 뭐라고 얘기한 것
인가? 방주의 주인도 이마를 찌푸리며 그를 외면했다.
인도인이 중국인을 향해 의미심장한 미소를 지어 보였
다. 어정쩡한 침묵을 깨고 중국인이 차분한 목소리로
입을 열었다.

"형제들이여, 아무리 봐도 이 사람은 익살꾼의 재주
를 가진 듯 싶소. 지금 자신의 머릿속에서 뭔가 위대한
일이 이루어지고 있다고는 합니다만, 우리의 증손자의
증손자나 그 혜택을 누리게 될지, 아니면 그들도 역시
아무런 해당 사항이 없을지도 모른다는군요. 우리 머
리로는 도저히 이해할 수 없는 일을 이해하고자 한다
니, 세상에 이보다 더한 익살이 어디 있습니까? 우리
모두를 즐겁게 한 이 익살꾼에게 박수를 쳐 주는 게 어
떨까요?"

여기저기서 박수가 터졌다. 그쯤에서 이야
기를 명쾌하게 마무리 지은 중국인

에게 보내는 박수였다. 그중에는 여전히 불쾌한 표정을 짓고 서 있는 사람들도 있었다. 그렇게 유럽인은 사람들에게 따돌림을 받고 혼자 남겨졌다.

그날 저녁에 흑인은 에스키모인과 인디언, 그리고 말레이인과 함께 방주의 주인을 찾아갔다.

"어르신, 오늘 있었던 일은 도저히 그냥 넘어가선 안 됩니다. 우리는 그 하얀 친구가 싫습니다. 생각해 보세요. 모든 인간과 동물, 곰과 벼룩, 꿩과 말똥구리까지도 자신이 가진 재주를 선보이며 신께 모든 영광을 돌렸습니다. 정말 신은 당신이 만든 창조물에 다양하고 신비한 재능을 선물하셨지요. 그런데 그 허여멀쑥한 남자를 보세요. 바로 우리가 마지막으로 물에서 건져 낸 남자입니다. 그는 우리를 비웃고 농락하고 궤변을 늘어놓으며 신의 신성한 선물을 경멸했어요. 어르신, 과연 그런 존재가 이 아름다운 지구에서 새로 삶을 시작할 수 있도록 도와주어야만 할까요?

혹시나 그로 인해 또 다른 재앙이 일어나지 않을까 두렵습니다. 그의 눈빛은 이기적이고 교만하며 밝은 기운이라고는 전혀 없습니다. 궂은 일 한 번 해보지 않은 손은 허약하고 게으르며, 얼굴은 어딘가 악의에 차 있지 않습니까? 그는 분명 잘못돼 있어요. 대체 누가 그를 우리 방주로 보낸 겁니까?"

이야기를 끝까지 듣고 난 방주 주인의 얼굴에는 뜻밖에도 온화한 미소가 어려 있었다. 그는 사랑하는 자식들에게 대하듯 다정하게 말했다.

"너희들의 말이 다 옳다. 또한 너희들의 말은 옳지 않다. 신은 너희가 묻기도 전에 이미 답을 주셨다. 전쟁을 하다 온 그를 탐탁지 않게 여기는 건 당연하다. 그런 이상한 사람이 왜 함께 있어야 하는지 이유를 모르겠지. 하지만 신은 알고 계신다. 당신이 만든 존재이므로 그가 왜 그렇게 하는지도 다 알고 계시지. 너희는 그 친구를 형제로 받아들여야 한다. 그들은 이 지구를 망쳐 다시 한 번 심판 받게끔 한 자들이다. 신이 그를 어떻게 하실 건지는 이미 말씀해 주셨다. 너희 모두는 각자 아내와 더불어 새로 태어난 지구에서 값진 삶을 일구어 나갈 희망에 부풀어 있을 것이다. 모두 너희와 한마음으로 세상을 헤쳐 나갈 짝이 있지 않느냐? 그 남자만이 혼자다. 그것이 오래도록 마음에 걸렸는데, 이제 그 의미를 알 것도 같구나. 그 하얀 남자는 우리 삶에 자극을 주고 헛된 환상으로 남을 것이다. 신은 그 남자를 통해 우리에게 경고를 하려는 것이다. 그가 세상 속에 기꺼이 자신을 내던지지 않는 이상 그는 영원히 혼자이리라. 그러니 아무 걱정 마라. 그가 새로운 땅에서 너희의 삶을 망치는 일은 결코 없을 것이다."

어둠이 물러가고 날이 밝아 왔다. 이윽고 동쪽 산의 봉우리가 물 밖으로 그 신성한 모습을 드러냈다.(1918년)

# 헤르만 헤세 아저씨의 동화 작품 설명

## 도시

한 도시, 혹은 나라가 생기고, 번영하고, 사라지는 과정을 통하여 물질문명이 파괴한 인간성과 예술 정신을 되찾아야 한다는 생각을 전하고 있다.

## 아우구스투스

자만심으로 인해 도덕성을 잃은 주인공이 인간성을 회복하는 과정을 그린다. 비밀스러운 노인 빈스방거 씨는 다른 사람의 소원을 이뤄 주는 능력을 가지고 있다. 그는 아우구스투스라는 이웃집 소년이 모든 사람의 사랑을 받을 수 있게 해 주었지만, 이것은 오히려 재앙이 되고 만다. 절제를 모르고 타락한 청년이 된 아우구스투스는 빈스방거 씨에게 두 번째 소원을 빌게 되고, 모든 죗값을 치른 후 다른 사람을 사랑할 줄 아는 사람으로 다시 태어난다.

## 아이리스

인간이 살아가면서 진정으로 필요한 것이 무엇인지 묻는 작품이다.
어린 시절 순수한 마음으로 꽃과 새와 나무와 대화하던 안젤름은 원하던 공부를 하고, 교수가 되어 사회적인 존경을 받지만 자신의 삶에 만족하지 못한다. 사랑하는 여인의 제안으로 진정한 자아를 찾아 떠난 안젤름은 유랑자가 되어 자연 속에 살면서 아이들과 놀고 나무와 돌과 이야기를 나누며 다시금 행복한 사람이 된다.

## 유럽인

세계가 종말하는 순간에도 허례 의식에서 벗어나지 못하는 지식인을 꼬집는다. 특히 제2차 세계 대전을 지나면서 유럽인들이 가졌던 자만심과 이기심을 비판하고 있다.

# 헤르만 헤세 연표

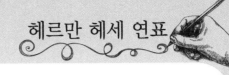

- **1877년** 독일 남부의 작은 도시 칼브에서 선교사인 요하네스 헤세의 아들로 태어났다.

- **1891년 14세** 신학교에 입학하였다.

- **1892년 15세** 작가가 되기 위해 7개월 만에 신학교를 자퇴했다.

- **1894년 17세** 시계 공장에서 견습공으로 일했다.

- **1895년 18세** 튀빙겐에 있는 헤켄하우어 서점의 점원으로 취직했다.

- **1899년 22세** 소설 쓰기를 시작했다.

- **1901년 24세** 《알게마이네슈바이처》 신문에 기사와 평론을 기고하여 이름을 알렸다.

- **1904년 27세** 소설 《페터 카멘친트》를 출간하여 신인 작가로 주목 받았다.

- **1905년 28세** 소설 《수레바퀴 밑에서》를 출간하였다.

- **1919년 42세** 소설 《데미안》을 출간하였다.

- **1922년 45세** 소설 《싯다르타》를 출간하였다.

- **1930년 53세** 소설 《나르치스와 골트문트》를 출간하였다.

- **1939년 62세** 제2차 세계 대전이 일어나 모든 작품이 출간 금지되었다.

- **1943년 66세** 소설 《유리알 유희》가 출간되었다.

- **1946년 69세** 《유리알 유희》로 노벨 문학상을 받았다.

- **1947년 70세** 베른 대학으로부터 명예 문학 박사 학위를 받았다.

- **1957년 80세** 《헤세 전집》 7권을 출간하였다.

- **1962년 85세** 8월 9일, 스위스 몬타뇰라에서 뇌출혈로 세상을 떠났다.